酸枣小孩 著

从前，有个王村

Congqian You Ge Wangcun

GUANGXI NORMAL UNIVERSITY PRESS
广西师范大学出版社
·桂林·

图书在版编目（CIP）数据

从前，有个王村 / 酸枣小孩著. —桂林：广西师范
大学出版社，2019.7
ISBN 978-7-5598-1687-0

Ⅰ．①从… Ⅱ．①酸… Ⅲ．①散文集－中国－当代
Ⅳ．①I267

中国版本图书馆 CIP 数据核字（2019）第 054179 号

广西师范大学出版社出版发行

（广西桂林市五里店路 9 号　邮政编码：541004）

网址：http://www.bbtpress.com

出版人：张艺兵

全国新华书店经销

广西民族印刷包装集团有限公司印刷

（南宁市高新区高新三路 1 号　邮政编码：530007）

开本：787 mm × 1 092 mm　1/32

印张：10　　字数：175 千字

2019 年 7 月第 1 版　　2019 年 7 月第 1 次印刷

定价：45.00 元

/ 序：枣、酸枣、酸枣小孩

枣

枣和文学关联密切，去肉留核或去形留意。

早于鲁迅的有施耐庵，先掌握一把枣子，"捧出一大捧枣子来，七个人立在桶边，开了桶盖，轮替换着舀那酒吃，把枣子过口"。那七个吃枣子的人以后都成了文学典型，水泊风云也是从枣子开始过口的。

鲁迅在文学里栽种枣树，"在我的后园，可以看见墙外有两株树，一株是枣树，还有一株也是枣树"。枣树铜皮铁骨。十年栽树——栽枣树，百年树人——树周树人。大家以后再种枣树都高不过鲁迅后院的枣树。逼得我们只能去种牡丹悦世，甜叶菜悦己，有人还想种万年青，悦方不明。

在北中原，红枣素有"铁杆庄稼"之称，耐旱，耐涝，养人，救荒。腊八节那一天，我姥姥让我首先喂米饭的就是院里枣树。长大后读到《诗经》"八月剥枣"。诗人以后开始有了剥枣习惯，劳动生长吆喝，劳动也生长诗歌，在哪里剥枣? 在北中原。

酸 枣

延津古称酸枣——秦时以境内多棘,故名酸枣县。酸枣当属野生的小棘枣,入药。酸枣是灌木,枣则是乔木,"丛束为棘,重束为枣"。棘枣还没进化成枣。枣是由酸枣进化而来的。地名也不断进化,叫延津县已是宋以后的事,因渡口而命名。如今是离河流近离枣子远。

延津人民和我故乡人民一样,喜饮酒不喜饮茶,坊间传说,如今延津县内有两项最是著名:延津火烧和刘震云。前者能吃,后者能看。我有次赶集扎根人民,见我二大爷,专门核查。他沉思后,说,知道前一个,外焦里嫩、香而不腻,后一个就不知道啦。

我马上延伸到当下文学状况。二大爷连刘震云都不知道我便不敢造次,怕提起自己更尴尬。我避实就虚,只和二大爷说枣子。

历史上有许多名枣之乡,道理各占一方,像文无第一一样,枣无第一,我吃过的如狗头枣、马牙枣、金丝小枣、灵宝大枣、内黄大枣、新郑大枣。人人都认为自家院里的枣天下最甜,从故乡立场和文学立场来看,这是对的。

酸枣小孩

我第一次看到"酸枣小孩"名字，判断应该是延津人。不然不会有人怀揣古意起这样名字。世上卖枣者只会说自己枣甜不会说自己枣酸。

以后陆续收到酸枣小孩自己办的文学杂志《向度》，其选用水准不亚于某些公开杂志。同人杂志的好处在于有自我、自由、自在的优势，可见文章好坏与刊号正式与否无关。酸枣小孩还走出书斋，利用自己的优势用心经营策划一系列相关活动，颇见敬业执着。去年山东画报出版社约我去济南签售新书《水墨菜单》，在泉城见到了这酸枣小孩，竟是一枚女枣，知道她真名叫田启彩。一问，果然是延津人。剥枣见核，可见我学问之大，判断之准。

许多人把酸枣剥开当食入药，田启彩远离中原故土生活齐鲁大地，在异乡把酸枣剥下是当文学来吃的。她便有了具体的果实酸枣，有了虚构的地理酸枣，有了文学的精神酸枣，她不是一个只吃酸枣的小孩，她还要吃记忆，吃乡愁，吃乡情，吃人世，吃百态。

还没有明文规定，大先生栽过两棵枣树之后，他人就不允许再栽别的树种了，文学森林生态多样化，需要自然平衡，譬如后院里要有诗歌的银杏树，随笔的楮桃树，散文的皂角树，评论的刺玫树，小说的大槐树。

酸枣的酸枣小孩要栽种酸枣的枣树，文学的枣树。走进田启彩的文字田地，她让故乡的枣子撒满一纸，颗颗枣红，把来过口。故乡是可以携带的，心安之处即故乡，枣子开始有了故乡的声、色、香、味、触、法。

譬如这一部关于故乡的书。

冯 杰

2018年2月 听荷草堂

目录

食蔬记

从前的王村食蔬遍野，弥漫着农耕时代的气息。春风吹拂麦浪。谷子依偎着高粱。豆荚在秋阳下响起轻脆的炸裂声。南瓜花、丝瓜花、架豆花……妮紫嫣红开遍。我穿过节节拔高的芝麻林走向那片绿意葱茏的菜地……

/ 彼稷之实

高粱是中原大地上最古老的一种农作物,可是现在的王村却难见它的踪迹了。

说高粱,先想到的是高粱秆。高粱秆和玉米秆,我们都叫作"葛档"。而归为水果类和它们长相酷似的甘蔗则被我们称之为"甜葛档"。

上高中的时候,教我们语文的老师姓窦。他和其他用地方方言讲课的老师不同,他用一种方言版普通话给我们上课。有一次上课时他就这样朗声高呼:"甜葛档——"

把我们都笑喷了。

窦老师当时还是一位虔诚的"文学青年",擅长运用讽刺挖苦手法对付我们,而且说话风格无所顾忌。有一次课堂上他竟然以一种暧昧的语调奚落我们:"先生们,太太们……"男同学哄然大笑，女同学恼羞成怒。而我们敬爱的窦老师则面不改色。

北方不种甘蔗，小孩子为了解馋，就拿地里种的高粱秆和玉米秆代替。相比较而言，细长高瘦的高粱秆要比粗壮的玉米秆滋味略胜一筹。在嘴里嚼来嚼去的，便会有一种秋高气爽的况味自心底升腾而起。

高粱这种农作物历史悠久，一直悠久到我的小时候。小时候家里还种着高粱。几乎每年都种在铁路北的那块被称作"东北地"的地里。其他人家的地里也是种高粱的居多。秋风一吹，比人高出许多个头的高粱头都低下来，齐刷刷地朝一个方向摇摆。这样的景象是颇为壮观的。

有些年里，父母会在高粱地截留三分之一或者二分之一出来，种上沉甸甸的谷子。谷子秆的身高比不上玉米秆，更比不上高粱秆，它是三者中最矮的，可是它结的果实最多。一到了快成熟的时候，它们都早早累弯了腰，齐刷刷地低垂了头，完全一副老态龙钟的样子。

此时站在近旁的那群细长高瘦的高粱，它们正拼命地低下果实稀疏的小脑袋，以表达自己的羞愧之意。

成熟的高粱要被镰刀割了头去，拉回家里用刮地的刮板把高粱籽撸下来。大多数被磨成高粱面，做高粱窝头，以填饱全家总是处于饥饿状态的肚腹。少数留下来做牲畜们增加营养的夜间草料。一家人坐在院子里，齐刷刷刮高粱的情景也颇为壮观，那种不绝于耳的"吱啦吱啦"声如今仍隐约可闻。

长大后到了山东，才知道高粱还可以制出高粱饴和高粱酒。高粱饴是一种黄褐色透明的软糖，过年回家时也曾买一些回去当作馈赠佳品。大约山东的高粱也不是我小时候吃过的红米高粱，而是和东北一样的白色高粱米，才会呈现出这种浅淡颜色。

高粱酒还不曾喝过。春节时去朱家峪，有当地人在摆摊叫卖自酿酒，淡红色的50度高粱酒，据说是纯粮酿造，买了两瓶回来，来不及喝，就送给姐姐带回她婆家孝敬老人家去了。

当高粱秆上那柔嫩淡红的穗子，逐渐变成深红，籽粒饱满的时候，我也曾走进去那不算茂密的丛林，去采摘间种在里面的豇豆绿豆，偶尔也会惊喜地发现一两株野生的甜瓜或者西瓜。多少个夕阳西沉的时候，收工回家，从那条两旁都是高粱的乡间小路上穿行，风声沙沙地拂过。那时节我还不会念诵那回环往复的远古哀伤之调：

　　　　彼黍离离，彼稷之实。行迈靡靡，中心如噎。

　　　知我者，谓我心忧；不知我者，谓我何求……

/ 玉蜀黍里的乡愁

玉米，王村人叫玉蜀黍。是不是河南地界都这么叫呢？没考察过。小的时候以为这名字太土气，后来才知道人家是有史记载的，而且在其发源地之一的墨西哥还被奉为神物来崇拜。

玉米神。听起来仿佛一则古老的拉丁神话。王村人虽然没有崇拜粮食的风俗，但是粮食在他们朴素的人生观里却是和命等值的。尤其是经历过饥饿年代的人们。

小时候的庄稼地里，玉米还是主要角色。花生属于后来居上的经济作物，最初的时候，并不受重视，每家每户种几亩花生，纯粹是为了吃零嘴，榨几桶花生油调剂一下以菜籽油棉籽油为主导的寡淡岁月。

长大后的玉米株高过人头，成片的玉米林，郁郁葱葱，所谓的"青纱帐"是也。青纱帐美在视觉上的审美意境，钻进去滋味却并不美。母亲每年都要在玉米地里间种一些绿豆豇豆，到了它们成熟的时候，都要吩咐我们这几个小孩子钻进繁密的玉米地里去摘豆子。这并不是一个多么美好的工作，玉米地里燠热难耐，玉米叶子又扎人的手脸，等摘完豆子出来，身上头发上都沾满了细碎的玉米花粉，胳膊上一道一道的红划痕。

不过，小孩子大约是最会苦中作乐的了。也是因为他们心中的希望大过失望，快乐多于苦恼。连钻玉米地这样痛苦的差事也能找到快乐。对于小孩子来说，高大壮硕的玉米株就像是一片丛林了，有着某种神秘感，一钻进去，仿佛到了另外的一个世界，就像电影《别惹蚂蚁》里那个被缩小的小孩子卢卡斯似的，熟识的世界变了模样，充满了新奇感。有时候会在里面玩捉迷藏，有时候会发现新大陆似的发现一藤野生甜瓜或西瓜。于是玉米地里摘豆子的工作便具有了新的意义，钻玉米地竟也成了可盼望的。每一次摘完豆子总要去看一看上次看过的几枚小瓜蛋长大了多少，预测着再过多久就可以吃了。还生怕被不经意闯入者发现，想方设法找一些杂草来做伪装。

夏末秋初的时候，有些早熟的玉米就可以煮着吃了。母亲中午从地里回来，顺手掰几个玉米，我们放学回来，老远就能闻到新鲜玉米的清香。在家里，数母亲和我最爱吃煮玉米了，而母亲尤甚，她是拿煮玉米当饭吃的。

这样的煮玉米一直吃到地里的玉米真正成熟了，玉米包衣都变成了枯黄色，剥开皮来用指尖掐，再也掐不出一咕嘟水来，终于是不能再拿来煮着吃了，就到了收秋的季节。学生放秋假，全家大小都要去地里掰玉米。这时候的玉米地里，偶尔还能发现几个用指甲都能掐得动的不算太老的玉米，这样的玉米拿回家去，用一根细铁棍插着，伸进正在做饭的灶火上烤熟了吃，散发出来一种诱人的焦香味。

收割玉米，在乡间有一个更专业的名词：净玉米。玉米"净"完之后，只剩下一地的玉米秆在秋风里飒飒作声。玉米秆的收割也有专业术语：杀。"杀"在王村词典里也是常用动词：杀猪、杀西瓜、杀玉蜀黍。有工夫的人家，净和杀是一起的，前面净，后面杀。一家大小，镰刀挥舞，一霎时杀将起来，半天的时间就把几亩地的玉米秆杀完了。

碧天之下，硝烟散尽，一片肃静。

秋收的战场已经从地里转移到了家里。一车车的玉米被运送回大本营，堆积在院子里，大大小小的玉米山。战斗也从白昼持续到了夜间，每天晚上，一家大小，围坐于玉米山下剥玉米棒。玉米棒有两种剥法：全裸和半裸。全裸就是把玉米棒的外衣（王村人叫它玉蜀黍裤）全部剥光，然后晒到空地上、平房顶上。半裸的玉米棒需要留下一层内衣，外衣剥开并不剥掉，把这些半裸的玉米棒用辫辫子的方法辫到一起，挂在枝丫上、院墙上，以及其他任何可以悬挂的所在。

小时候调皮，喜欢爬上高高的玉米山顶上去坐滑梯玩。想起一首歌来：我们坐在高高的谷堆旁边，听妈妈讲那过去的事情——谷堆换成了玉米堆。记得有一年秋天收玉米，家里人都去地里了，派我一个在家里留守，守着一堆玉米，一边剥玉米，一边读语文课本。一只小虫子从玉米里钻出来，掉到了课本上。我用树叶逗弄了它好久。那时候庄稼生虫子还只是少数现象，田野里的麻雀还在成群结队地自由起落。

墨西哥诗人帕斯在诗里歌唱："你克制、忍耐、生活/宛似鸟儿/从一把玉米炒面到一坛玉米稀饭。"没有吃过玉米炒面，玉米稀饭倒是从小吃到大的。玉米稀饭在乡间有一个更别致的名字：糊涂。

糊涂里出生，糊涂里成长，这大约是豫北地区所有乡间孩子的共同记忆了。也不知道有多少孩子对玉蜀黍糊涂深恶痛绝，发誓长大以后一定要远走高飞，远离喝糊涂的噩梦。长大以后真的远走高飞了，夜半梦境里徘徊，思念不得的却是这多年前厌恶得恨不得砸了饭碗的糊涂。及至若干年后回到故乡，捧着一碗老母亲熬制的红薯糊涂，竟然忍不住热泪满面。

所谓思乡情结，无非是一碗玉蜀黍糊涂的因缘纠葛吧。

/ 大米小米是表亲戚

我小的时候经常吃小米饭，难得吃一次大米饭。大米饭白花花，小米饭黄澄澄，它们俩在我的眼里，就像一对贫富悬殊的表亲戚。大米身份高贵，小米身份低微。

乡下吃小米饭和大米饭一样，也是蒸出来的。王村不产稻子，买大米吃的时候很少，乡下流行物物交换，经常也会有换大米的生意人走街串巷四处兜售他的大米，大米一般以原阳产的黄河大米为多。但是用麦子小米玉米等其他粮食来换大米，精打细算过日子的农妇们会觉得很不划算。好几斤麦子小米玉米才换一斤大米。她们会咬着牙皱着眉头说：太贵了，吃不着。所以我们也跟着吃不着。偶尔吃一次，会觉得很香。虽然那大米也只是次一等的黄河大米，吃起来口感糙糙的，不筋道，可是无论怎样，它也是大米啊！如果能配上大白菜炖肥肉臕就更香了，但是那样的时候真的很少。

所以，蒸小米饭是家常主食。小的时候没有电饭锅，蒸米饭都是用蒸锅。铺上笼布，淘好小米，摊到笼布上蒸。蒸熟的小米会有小米特有的香气从锅沿溢出来。——有一次突然想要"忆苦思甜"一下，蒸了一锅小米饭回味。记忆里的味道并没有折扣多少。我从小吃惯了小米饭，对它并不是很排斥，不过父亲并不是太喜欢小米饭。而且吃小米饭，他对配菜的要求很严格。有一次母亲不在家，由我负责做午饭。蒸小米饭，炒胡萝卜片。父亲为此大发雷霆：吃米饭配白菜已经是最低标准的搭配了，哪有炒胡萝卜吃米饭的！

那天正好燕彩的母亲过来串门，劝解了半天。我不记得那次父亲罢吃了没有，也不记得我被父亲训哭了没有。

父亲是个性格很闷的人，平时很少发脾气，尤其是为了一顿饭发脾气，所以这足以让我铭记一辈子。还有一次我把馒头蒸得气死了——面没发好，蒸出来的馒头都是一个个铁青脸的硬疙瘩。父亲那次也很生气，坐在饭桌前脸色也是铁青色的，一边训我一边把馒头掷到地上。那黑青色的死馒头在水泥地面上滚出去老远。

我们家吃的有限的大米里，有一部分是来自距离王村三十里地之遥的郭庄。郭庄大姨家每年都要种一块水稻田。

等我长到十几岁的时候，可以被外派做义务的劳工了，就经常被母亲支派去大姨家干农活，除了每日里踩着露水站在辽阔的棉花地里摘那些"没完没了"的棉花，也曾去秋天的稻田里收割过成熟的稻子。那是第一次认识这种被称作水稻的作物。

大姨家的水稻田位于郭庄通往小店镇的路边，后来我去小店高中上学，寄住大姨家，无数个秋天的傍晚都要从它身边路过。看着那沉甸甸的稻穗温柔而安静地俯首于夕阳的余晖中，它们内心是不是充满了幸福感？

小姑早年嫁到新乡市西北方的乡下，那里也种水稻。有一年我和三姑家的表妹表弟去帮她插秧，插秧对我来说是第一次，从前在大姨家只是割稻子。赤脚弯腰站在水田里的滋味也并不好受，一步一泥泞，而且水稻田里还有隐形的杀手——蚂蟥——我们叫它马鳖。它专爱偷袭，趁你不注意，一个猛子钻进你光着的腿肚子里，半截身子露在外面，使劲地吸你的血。这个时候你千万不要惊慌失措地去胡乱揪住它的尾巴往外拉——它会更加迅速地钻进你的皮肤里去。驱逐这个入侵者的唯一的方法就是用手掌拍打周围的皮肤，逼迫它自动退出来。这是表弟教我的，大约他以前也曾被蚂蟥钻进腿肚子吸过血。

插秧的时候，水稻田里不光有吸人血的蚂蟥，还有一些虽然不吸人血但是让人惊悸的其他水虫。此时才算明白，以前在电视里和图画书上看到的极富田园美感的插秧画面都是假象。

生活的真相还有：后来有一次去帮另外的一家亲戚插秧，毒太阳下暴晒一天，裸露的肩臂红彤彤的，第二天便开始脱皮。

——所谓美好的生活，总是隐蔽在万千辛苦之后。

/ 白面里的人生理想

小时候的冬天下大雪，一场接一场，父亲带领我们一车一车往地里运积雪，满心欢喜地教我们说农谚：冬天麦盖三层被，来年枕着馒头睡。

馒头自然是白面馒头。白面，在王村有另外一个更骄傲的名字：好面。好面之好是相对于玉米面、高粱面、红薯面等一系列粗面来说的。在很长的一段时间内，能吃上好面，是每一个王村人的人生理想。倘若能够顿顿吃好面——哎呀，那简直就是不可想象的天堂一般的美好生活了。

母亲是一个争强好胜的人。她平时最看不得的就是我们的邻居兵婶，因为她隔三岔五要走到家门口，一边吃着香喷喷的油馍，一边和母亲说话。兵叔那时候做着王村的村支书，而我的父亲只是一个穷得叮当响的生产队队长。我们家也吃馒头，是用白面和黄面放在一起的"两掺面"做的馒头。

从前的麦子好收割，稀稀疏疏的，像某些人头皮上发育不好的头发，萎黄而纤细。一镰刀下去，可以搂好长一大段。后来的麦子丰产是因为化肥替代了农家肥，还是劣质的品种升级成了优质品种？大概二者兼有吧。——家家户户开始演起了电影。因为田地丰收演电影以示庆祝，在王村历史上大约也是头一遭。

母亲也不甘落于人后。有一年麦收前，她许愿说："如果今年的麦子能收到三千斤，咱们家也演电影。"于是那一年我们家也演了有史以来的第一场电影。电影是在我家东边的沙岗上放映的——在沙岗上演电影大约也是王村历史上的头一遭。看电影的人连板凳都不用带了，直接坐在沙土上。电影一共演了两部，记得最后一部电影是《知音》，蔡锷与小凤仙，李谷一唱的主题曲。电影演完之后，我坐在片尾曲里久久不愿意离开。月亮高悬于空，凉风习习，"高山流水"之声回荡在静寂的夜色里。

镰刀割麦子的时代，母亲每天四五点钟起床，坐在黎明的院子里，唰唰地磨镰刀。然后喊我们起床上工，一个个睡眼惺忪地拿一把镰刀前往麦地。清晨田野里露水沾衣，麦子秆也皮漉漉的，镰刀要足够锋利才割得动厚实的麦垄。

天气越来越热。割麦子割累了，中场休息的时候，我们坐在地垄上，会采摘长在麦地里的一种叫"酸不姜"的野草当零食来消遣。它的叶子是可食的，揪下来，团成团塞进干渴的嘴巴里，有一种淡淡的酸味。

运气好的时候，会有冰糕吃。有一次在大方地，弯腰正割着麦子，突然听到西边村头的大路上远远的叫卖冰糕的声音。于是都停下来，侧耳静听，果然是卖冰糕的。父亲或者哥哥，便从口袋里掏出一些钱来，派一个人飞快地跑过去，路途稍远，一边跑一边高声呐喊让那叫卖者暂停一停。

一家人流着汗水，坐在收割的麦地里小憩吃冰糕，这是短暂的幸福时刻。

有的时候割一块麦地，地头上的树荫下会有一片麦子是青色的，还没有完全成熟。收工回家的时候，会割一束回去，扔进母亲正在烧火的灶口里燎着吃。

烧麦子有一股奇异的香味，是小孩子都喜欢吃的一种特殊"零食"。每年麦子长到颗粒饱满，揪一头下来放进手掌里，能够揉搓出软硬度正好的绿色麦粒时，就可以"燎"着吃了。我们家里是把"燎麦"当成一项小工程来进行的，麦子成熟到可以吃的时候，下午收工回来的人都会顺手带回来几把。执一把麦穗在柴火上烤得外皮焦黑焦黑了，再交由母亲在簸箕里揉搓出焦黄香软的麦粒，"簸"掉麦皮，把干净的麦粒分放到一个个手掌里去，当作晚餐前的小点心来吃。大人小心谨慎，吃完以后嘴巴干干净净的；小孩子可不管那些，所以每次都是小嘴巴黑乎乎的一片，指着彼此的怪样子哈哈大笑。

从前种麦子，来年的种子都是今年自己家的麦地里留好的，选好了一块长势喜人的麦田，作为明年的麦种，那就得殷勤地照看着。所以我们常常要到小麦地里拔掉一些长得"高高在上"的大麦和燕麦来保持这块麦地的纯粹性。我们把青青的燕麦抱回家扔到地上，去喂鸡鸭猪羊，并任它们恣意践踏，那时候还不知道它的食用性和闻名遐迩的保健功能。长得散碎的大麦要等到它们成熟了，挎着篮子拿把剪刀在麦地里穿梭着一个个剪掉麦头。

大麦也是一种粮食。大麦粒在磨面机上轻微过一遍，就会变成大麦仁。我小的时候，母亲热衷于做麦仁粥（主要是那个时节没有别的可吃了），素材就是用的大麦仁。大麦仁粥无论熬到什么程度，吃起来都是筋道的，所以吃起来特别累人。吃上两碗麦仁粥，就会累得腮帮子疼。饭量大的，要停上一停，稍微歇歇牙口再继续吃。

我小的时候喜欢吃大麦仁粥，虽然饭量不大，依然累得腮帮子疼。

农家岁月里，最累人的便是夏收和秋收。尤其是夏收，更像是一场战役。短短的七天时间，要完成收割、拉麦子、碾场、扬场、颗粒归仓的全部流程，其间还包括一些零碎的活计：拾麦子，拉麦糠，等等。都是一些让小孩子痛苦的农活。小弟是最痛恨拾麦子的，大人和年纪大的孩子都负责装车赶车了，剩下小弟一个人顶着中午的毒太阳，饿着肚子在空阔的麦地里捡拾那些散落在麦茬间的"遗留者"，小小的心灵里充满了凄惶与委屈，有一次他甚至哭了起来。

最热闹的场景还是打麦场时代。各家各户的麦场都划在一处，紧挨着，或者相隔不远。套上石磙碾场的时候，亲邻之间都会互相帮忙，五六个人一起翻场，七八个人一起挑场，扬麦，收场，装袋，垛麦秸。碾场的工作都是放在午饭后太阳最热烈的时候，上午摊晒在场里的麦子已经干得"焦"了，石磙碾在上面，噼里啪啦地响，听得见麦粒窸窸嗦嗦的落地声。

打麦场紧挨着东地沙岗，碾场的休息时间里，除了在麦场里指挥牲口拉着石磙转圈圈的人，其余的人们都会聚集在沙岗边沿的槐树荫下聊天打盹。我则喜欢躺在沙地上，嘴里衔一根青草，像一只慵懒的小羊，静静地观看蚂蚁上树。

后来父亲买回来两台打麦机，各自为战变成了集体作业，所有的麦子都运到一个麦场里排队等候，轮流机打，打麦机昼夜不停地轰鸣着，喷吐着，整个打麦场上空尘烟弥漫，真的像极了一个战场。

小孩子最欢喜这种场面。晚间麦场上扯着电灯打麦子，我们则在一座座小山似的麦垛间捉迷藏。玩得困了，又不愿回家，就找一座新砌的麦秸垛掏一个洞出来，当临时的卧房美美地睡上一觉。新打出来的麦秸秆干爽而又滑溜，有一股清新的麦草香气。

睡眼迷离之际，抬头看见初夏夜空的那一轮皎皎明月，它正沉默地俯瞰着这热火朝天的人间。

/ 菊芋

洋姜别名鬼子姜，学名菊芋。这是我最近因为脚崴伤学得的知识。

鬼子姜捣成糊，涂抹伤处，可以治疗跌打损伤，活血化瘀。这是知识的进一步深化。

感谢脚伤。感谢我的朋友。

感谢洋姜。

我小时候只知道洋姜是日常生活中的必备菜蔬，主要功能就是做成咸菜以备每年"青黄不接"之时佐餐，竟不知道它还有药用价值。

济南城似乎没有新鲜的洋姜，好在可以网购。火速买来五斤，打开看来，似乎是往年的储藏品。记忆里洋姜也不是这个时节的产物。

如法炮制，试用了几次，效果了了——许是不新鲜故？吃了几口，滋味也不如从前。任由它们堆在纸箱里发芽去了。

从前，我家每年种洋姜。洋姜就种在菜地北隔了一条路的地头，和那座长满杂草的破窑隔路相望。窑是砖窑，以前烧制土砖用的。后来乡下流行烧地窑，往地底下深挖成窑，烧制土砖。这座隆起地面的小山似的窑就废弃不用了。这座旧窑外部侧面有直达窑顶的通道，我小的时候经常和小伙伴们爬上去玩耍，眺望乡野风景。

乡人茶余饭后闲来无事，喜欢编造些神鬼故事聊以解闷，竟然还有以这座破窑为素材的鬼故事，小孩子听了害怕，每次去地里看见它心里就会油然生出几丝惊悚感。

但是洋姜地是必须要去的。母亲吩咐了要去刨洋姜。刨了洋姜好拉回家去做菜腌制以供全家四季之用。

洋姜是像红薯花生一样的，果实累累地繁衍于地底下。八九月份开花，秋末冬初收获。刚刨出来的洋姜白生生的，吃起来嘎嘎脆。是直接可以放进嘴里生吃的。口味清淡，极爽口。腌制好的洋姜除了口味变咸，口感依然是嘎嘎脆的。小孩子好饿，放学回家，找不到东西吃，常常会从馍筐里摸出一只大馍，再从咸菜缸里摸出一块腌洋姜，边吃边玩去了。

也是清苦岁月里别样的一种美味。

洋姜开黄色花。鲜艳，热情。一大片盛开在蓝天下，生气蓬勃，是我所喜爱的乡野花朵。我小的时候是把它当成另外一种向日葵的。

我家老院子门口种着一棵真正的向日葵，夏天里它开大大的金黄色花。

/ 悠然见南瓜

我喜欢看南瓜花更甚于吃南瓜。

在初夏的暖风里，大大的浓绿色的南瓜叶做着心甘情愿的陪衬，那仿若十六岁少女的娇艳花朵开得正盛，南瓜花的黄，是柔嫩，是直爽，更是一种令人愉悦舒畅的心绪。

大约是在过了惊蛰之后，父亲开始把从集市上买回来的那些种子用温水泡湿了，放在几个不同的碗里，蒙上布，放在温暖的地方，静候着。

三五日，顶多一周，碗里的种子都悄悄生出了细微嫩白的小乳芽。父亲说，这是把瓜种种到地里之前必须做的酝酿程序。

南瓜的种子也在此中。

西瓜子长着一张小瓜子脸，南瓜子长着一张大瓜子脸。

一黑一白，是乡间最寻常见的消闲零食。到了冬闲时候，去串门闲话，主人就会随手抓出几把西瓜子南瓜子出来供客人享用。

上初中时，我有一位女同学叫金彩，有一段时间里我天天都要去找她结伴上学。每次她都会抓一把南瓜子边走边嗑着吃。当然，她也会分给我一些同吃。

我家里也会有南瓜子，但是不如她家这样取之不尽。取之不尽的印象倒是来自南瓜，常常要吃到冬日里也不肯罢休。我家种的南瓜有两种，一种是比较脆的菜南瓜，一种是比较面比较甜的面南瓜。一种绿莹莹，一种黄澄澄。颜色的分别鲜明得很。大意也是想让人从颜色上直截了当地分辨出它们各自的用途。

相应的，南瓜也有两种吃法。对于菜南瓜，一种是用蒜瓣在热油里烹一下炒了吃，一种是用擦刀擦成丝，包素菜包子。我尤喜第二种吃法。

母亲最擅长的就是做南瓜馅包子。洋葱丝和南瓜丝做馅，撒上花椒面，拌上花生油。母亲做的南瓜馅包子的外形是一个巨无霸的饺子，只不过饺子的身躯是弯的，它是直通通圆滚滚的。吃南瓜馅包子是一定要淋上事先调制好的醋蒜汁的，边吃边淋。那是一种无法言说的香。每次做南瓜包子，母亲都会在锅底熬上南瓜绿豆汤。吃几个南瓜包子，再喝几碗南瓜绿豆汤，这是我家每年秋收天里的午饭。

能够用来熬南瓜绿豆汤的南瓜，便是面南瓜了。冬日里消闲的南瓜子就是产自面南瓜的肚子。面南瓜除了可以熬清爽消暑的南瓜绿豆汤，还可以切块煮进大米小米粥里，而我最爱的是南瓜玉米粥，延津人称作南瓜糊涂的。当年的新玉米磨成粗粒的面粉，从院子里的老南瓜藤上摘下一颗大肚子面南瓜，一顿晚饭的食材就齐全了。而做南瓜糊涂是一定要用烧柴火的大地锅的。红红的火焰蹿出炉膛，院墙外是摇摇欲坠的斜阳。这样的乡村场景却是消失已久了。

有一年大年初一，在小店街头，看见一些家门口的地面上都扔着摔碎的南瓜。好生诡异。后来有见多识广者解说是图吉利。南瓜，在延津方言里的读音是"nán guò"，同于"难过"。小民的生活哲学也是颇令人折服的。

有一年夏天去常州小住，吃到了炒南瓜梗。常州的菜市上，几乎每个摊位上都有嫩绿的南瓜秧卖，而且价格不菲。炒南瓜梗的做法非常简单，爆几个干辣椒，烹香了蒜末，放进去择好的南瓜梗大火煸炒几分钟即可出锅。炒南瓜梗鲜辣脆嫩，口感极佳。只是择菜是一个费时费力的过程，要去掉大大的叶子，再去掉老了的部分，抽掉丝须，到最后，买回来的一大把南瓜秧能炒出来一盘菜就已经很不错了。

济南人爱吃炸南瓜花，裹了鸡蛋面粉，放油锅里炸出来，金灿灿的一大朵，也甚好看，口感外焦里糯，也是一种人间滋味。

/ 风吹架豆花

架豆是王村的叫法。大约是因为它擅长爬高上架的习性。济南人叫它为"扁豆"，东北人的叫法颇为形象生动：猪耳豆。它还有更多的别名：火镰扁豆、藤豆、沿篱豆、鹊豆、查豆、月亮菜……据说豫东豫西把它叫作"四季眉"——没想到，一种土生土长的乡野菜蔬，竟然这么深入人心。

在我小的时候，家里年年有架豆吃，却不记得有谁刻意去种架豆，到了夏天，院子里的柴火垛上，矮土墙上，枝枝蔓蔓的，爬满了架豆秧。架豆的花小巧玲珑，深紫色，蝴蝶状。架豆的花期晚而持久，到了秋天，开始结满了大大小小的扁刀形状的果实，一直能吃到秋深。

架豆青气重，家里人除了我和母亲，都不太喜欢吃它。可是夏末秋初，菜地里的大多数菜蔬都不再供给新的果实，进入了"落秋"期。唯有那一蓬蓬架豆长势正盛，绿莹莹的叶子间，紫色的小花朵和青绿色的豆实都是生机勃勃的。

家里吃架豆也很简单，切细丝，放盐腌渍一会，滴几滴香油，淋几滴醋，就可以做早晚饭桌上的下饭菜了。凉拌的架豆鲜而脆，乡野之气浓郁，一般人吃不惯，说它味道太冲。长大后出去到别的地方，所谓"见了世面"，才知道架豆除了凉拌，还可以炒来吃，不但可以清炒，还可以炖肉，而且架豆熟吃的味道比生吃要好上许多。可是那凉拌架豆的滋味却也是根深蒂固铭刻于味蕾之上了，无论什么时候吃到，都是回味悠长的亲切感。

村东菜地临着一条土路，路和菜地之间有一道矮的土墙，土墙上爬满了深紫浅蓝的牵牛花，爬在牵牛花旁边的就是开着紫色蝴蝶花的架豆。晚风吹送，小小的架豆花摇摇摆摆的，颇有些小姿色，于是这道残破不堪的野土墙就变成了充满乡野风情的景观。

我喜欢迎着初升的太阳在秋露乍现的清晨，去采摘架豆，更喜欢在傍晚时分在那里徘徊。

无数个夏日的傍晚，天空上有许许多多的蜻蜓在矮墙附近低飞，几个光脚丫的淘气孩子举着长长的大扫帚奔跑着捕捉蜻蜓。

我是他们中的一个。

/ 葫芦葫芦瓢

乡间种葡萄者少，种葫芦者多。大约是因为葫芦比葡萄好养活。葫芦多是细颈大肚子的菜葫芦，也充分体现了农人的务实精神。

乡间人对葫芦非常重视，要郑重其事地埋下种子，松土浇水伺候得很是精心，葫芦架子或者棚子是不等它们开始长出藤蔓来就搭建好了的。葫芦长势茁壮茂盛，简单的架子护持不了，一般人家都会搭建一个简易的棚子来供它攀附。

棚子搭在厨房门口，或者一进院子的过道上，等葫芦藤爬满了棚子，就俨然一座天然的凉亭了。炎炎夏日，在里面吃饭喝茶，纳凉闲话，甚至酷暑难耐的夜里还可以铺张凉席就地而眠。透过葫芦叶子的缝隙能望见高邈夜空里的点点星辰，望着望着，心绪自然就凉静下来。

葫芦在乡间是比丝瓜和架豆受欢迎的菜蔬。吃法也多。虽然不能凉拌吃，但熟吃的款式多多。清炒，炒肉，包饺子，包包子。对于每个家庭来说，葫芦是个宝贝。年轻的葫芦可以做菜吃，年老的葫芦可以晒干了锯成瓢做盛水的水舀子。葫芦变成了瓢，瓢变成了水舀子，我们就叫它水瓢。

水瓢长年累月漂在水缸里，优哉游哉，像一只永远不会沉没的小船。放学的孩子回到家，口渴了，抓起水缸里的水瓢，咕咚咕咚猛灌一气，心满意足地跑去玩了。下晌的大人回到家，口渴了，抓起水缸里的水瓢，咕咚咕咚猛灌一气，幸福地长叹一声，坐到堂屋里吸烟歇着去了。

水瓢被顺手"啪"一声扔到水缸里，摇晃几下，打着旋儿，它也是心满意足的。

除了菜葫芦，乡间还有一种少见的品种：鸭鸭葫芦。就是如今市面上常见的被雕刻成工艺品的那种纯粹的观赏性葫芦。它是城市人的新宠，却不被乡间人待见，因为它既不能当菜吃，又不能当瓢用。

葫芦花白色，单瓣。花形婀娜，姿态优美。在北非被称为圣亚尔加迪斯之化，在日本还有一个更好听的名字：夕颜。

唉，我多想有一个院子，院子里种上一架葫芦。

/ 丝儿瓜的尖

乡野村居，最富于点缀色彩的便是丝瓜了。形象疏朗鲜明，随性自然。所谓"数日雨晴秋草长，丝瓜沿上瓦墙生"，更是一种无拘无束的野趣。

乡间土地空阔，房前屋后种瓜架豆是常见的景象。丝瓜擅长攀爬，架子常常要搭建得高高在上，它还不是很知足，自己另辟蹊径，沿着这高架蔓延到邻近的杨树上去了。到了丝瓜成熟的时候，主人家要想吃一顿清炒丝瓜或者丝瓜蛋花汤，就得搬把梯子上来摘，长得实在太高的，高个子人站在梯子上也够不着，只能作罢，任由它在自由的天地中栉风沐雨，长成深秋里一个枯瘦干瘪的丝瓜精，在高处不胜寒意地瑟瑟着。

丝瓜生命力顽强而又旺盛，往年有意或无意遗忘在藤蔓上自由长老了的丝瓜，风吹日晒着，咧开了嘴，把种子撒落在地上，到了明年春天，一场春雨过后，它就会生根发芽，开花长藤，曲曲弯弯地发展壮大起来。

乡间菜品稀少，土生土长的丝瓜便成为餐桌日常——有时候不喜欢吃丝瓜，口感太软，滋味又过于清淡，不合小孩子的口味。丝瓜的做法也只有简单的一种：清炒。连丝瓜炒鸡蛋都没有想到。吃来吃去的就腻了。

风干的丝瓜络可以用来做洗碗布，这样的功能是母亲早就知道了的。后来在城市的超市里看到还有丝瓜络做的澡巾，可见人们已经把丝瓜的功能开发得淋漓尽致了。

丝瓜花的美也是乡野之美。赵梅隐的《咏丝瓜》诗写得好：黄花褪束绿身长，白结丝包困晓霜；虚瘦得来成一捻，刚偎人面染脂香。据说丝瓜花还可以用来煲汤炖肉、油炸、煎鸡蛋，不但滋味鲜美，还具有增强免疫力、延缓衰老的保健功效。有专业的研究人士还萃取了丝瓜的汁液做成可以美容养颜的丝瓜水。

吃得最难忘的一次炒丝瓜，是有一年在东篱雅舍，和几家朋友"雅集"，为两个小朋友庆生。饭桌上有一道菜是素炒丝瓜。丝瓜是寻常的丝瓜，但是厨师做法别致。丝瓜是斜切的滚刀块，放了辣椒，口感绵软里仍不失骨感，香辣里略含甜味。一盘子丝瓜，差不多被我一个人吃光了。

沿着全福河往北，过了北园大街，前几年成立了一条烧烤美食街，美其名曰：恣街。秉承了济南人吃烧烤喝扎啤的优良传统，每年夏天人满为患。偶尔也会去打打牙祭，凑一凑热闹。有一次在恣街的一家饭店吃饭，菜单上有一道菜叫凉拌丝瓜尖。众人研究了半天猜不透究竟是何神菜，于是点上来满足一下好奇心。店小二端菜上来，刚要离开，被我们喊住："这个丝瓜尖到底是什么菜？是丝瓜的尖还是丝瓜秧的梢？"店小二年轻，二十啷当岁的样子，可能也是刚刚入职，经验少，被问住了，说"我也不知道，我去问问厨师"。

我们只能一边吃一边研究。凉拌丝瓜尖绿莹莹的，口感鲜辣脆嫩，仔细端详好像是专门掐了丝瓜秧的尖梢来做的这道菜，真是别具匠心。

等到第二次店小二又上菜的时候，我们又抓住他追问："这丝瓜尖到底是什么菜？问清楚了吗？"店小二被逼问得没办法，开始胡言乱语起来："丝瓜尖就是丝儿瓜的尖。"

于是全场爆笑。"丝儿瓜尖"也成了以后我们时常温故的一个经典笑料。

丝瓜虽然是乡间常见之物，形象却极富于中国画里所崇尚的写意美感，所以常常被画家付诸丹青。齐白石老年时喜画丝瓜，他画的丝瓜苍劲疏朗，墨色的丝瓜配以明艳的黄色花蒂，一只浅红色的蚂蚱轻俯于藤须之上，充满了盎然而又活泼的秋意。

/ 懂秋的黄瓜

夏天到了尾声，原来蓬勃生长的各种菜蔬都走向衰亡。某一天清晨，母亲从菜地里拉回来一车枯萎的黄瓜秧，这下可好了，我们终于可以不用再吃那肥胖臃肿的老黄瓜了。

可是还能吃什么呢？豆角秧也拉回来了。茄子都不结了。只能每天吃丝瓜架豆，早先摘下来的青皮南瓜还有几只。早饭吃凉拌架豆丝，中饭吃炒丝瓜或者炒南瓜，晚饭吃中午剩下来的炒丝瓜或者炒南瓜。——终于也吃烦了。

甚至开始怀念起老黄瓜来。

有一天早饭后，和母亲去后地干活。去后地要过后街，正好路过瞎兵和小侯家。"瞎兵"——我猜测是绰号——因为他的一只眼睛是不大好使的。至于"小侯"应该是姓氏。"瞎兵"和"小侯"都是母亲这样称呼的。而在我，应该是得喊他们什么叔和什么婶的，到现在我已经记不清了。据说其中的一位早些年已经因病故去了——也不是记得太确切。

瞎兵除了一只眼睛不好使，人高马大的，是干农活的好手。小侯长得很胖，是近似于球形的胖，但是也并不偷懒。他们家除了他们俩，大约还有三个孩子。除了三个孩子，还有一位白头发的老父亲。除了老父亲，还有一位单身的老兄长，和他们一起过活。

这样关系的一大家子人，长年住在一起，倒也没听说闹过什么矛盾，都只管本本分分地埋头吃饭、低头干活，都是很勤恳的农人。

瞎兵和小侯的孩子们也都是种地务农的材料。因为都是上学上到小学、初中就提前毕业回家来了。所以他们在王村也是默默无闻的，并没有特别出色的成就让别人瞩目的。——不过，谁不是呢？

可是，他们也有值得别人羡慕忌妒的地方。他们家的田地种得特别好，种什么什么好，田地里少见杂草，每棵庄稼苗都长势旺盛。到了秋天，收获自然也是丰硕的。

其实，我不羡慕这个。种地好，自有大人们去眼馋。我眼馋的是——他们家里竟然种着秋黄瓜！

那天早饭后，我和母亲去后地干活，正好路过他们家，眼睛一抬，隔了一道低矮的土墙，就看到了那一垄郁郁葱葱的秋黄瓜。那几架黄瓜藤在秋日的早晨，显得多么生机盎然。还有那一朵朵娇嫩的黄瓜花，还有那一只只安静地悬垂于藤蔓上的细脚伶仃的年轻黄瓜。看得我眼睛都直了。

在那黄瓜架的后面的院子里，瞎兵和小侯一家在气定神闲地吃着早饭。早饭桌上放着一盆凉拌黄瓜。隔了那么远，我也能感觉到，因为有了这盆凉拌黄瓜，他们一家人喝糊涂的神情也是骄傲而满足的。

这骄傲和满足深深地令我忌妒。那个飘散着黄瓜清香的、秋日晨光沐浴下的简朴小院，也成为我后来对农家生活的最美憧憬。

/ 炖茄子腿

济南的蔬菜市场上茄子的种类很多，有普通版的紫茄子，长相憨厚顽皮的圆茄子，腰身细长的线茄子。就是没有青皮茄子。

所以我在济南生活了十余年，竟然没有吃到过青茄子。

小的时候生活在王村，只知道世界上只有一种茄子，就是青皮茄子。

青皮茄子的青是清亮的淡青色，它们一个个悬垂于同样绿色的植株上，被同样绿色的叶子掩映着，像是在和你捉迷藏。

王村的青茄子比济南的紫茄子口味清甜许多，所以我从小到大都是喜欢吃青茄子的。去菜园摘菜，饿了，就顺手摘一只青茄子一口咬下去，仿佛在吃一种名叫茄子的水果。

母亲做早饭和晚饭的时候，除了喜欢做凉拌豆角，还喜欢做凉拌茄子。凉拌茄子也有两种做法，一种是直接把茄子切丝凉拌，一种是切块焯熟了以后再凉拌。前一种放醋，后一种放蒜泥，都是极爽口的家常小菜。

东关大街的小商品市场没改造之前，有一条贯穿东关大街和山大南路的生活街，那里的傍晚时分，经常会有一个卖各种酱菜的东北大姐，在她售卖的各式酱菜里就有一种蒜泥茄子。茄子是细长的完整一只腌制，只是软塌塌的没了形状，上面铺满一层碎白的蒜泥，油亮亮的，很是诱人。姐姐家租住在东仓小区时，我们周末时常去蹭饭，出去闲逛时看到，经不起诱惑，便会买一两只回去当下饭菜，滋味很足，辛辣香咸，不宜多吃。

母亲不会做这种东北风味的蒜泥茄子，她做的是王村风味的。茄子切成长片，上锅蒸熟之后，浇上蒜汁，滋味是鲜辣的，强烈地刺激着你的味蕾，这样的蒜泥茄子，配上刚出锅的咸花卷，风卷残云，不知不觉间能吃上两三个。

不过这些吃法都是花絮，我们家里吃茄子最常见的就是爆——文火慢炖，炖到茄子稀烂为止。

母亲做爆茄子的时候，是很会物尽其用的，每次都要把本来可以当废物扔掉的茄子腿一起倒进锅里。一大锅茄子

"喀喳喳，喀喳喳"到最后，连最坚实的茄子腿也炖得软烂了。吃饭的时候，我们都不肯吃茄子腿，唯有母亲爱吃，她手执着茄子腿，啃得津津有味，仿佛她是在啃一只香酥软烂的鸡腿。

有一次我看她啃得实在眼馋，于是自己从锅里捞出一只来"验证"，燎熟的茄子腿味道没有变成鸡腿，只不过的确有一种特别的口感，吃起来别有一番风味。

究竟是怎样的一番风味呢？不足为外人道也。

王村人叫茄子为"qiáo"子，这个是方言叫法，而我的一位湖北朋友把红烧茄子总是喊成"红烧瘸子"，惹得人发笑，就是口音问题了。

/ 瓜皮小炒

小时候家里种西瓜，常吃西瓜，却不常吃西瓜皮。第一次知道西瓜皮能吃是在市里的二姑姑家。

二姑姑家住在一个旧式小区里，每一家都是一座老平房，不管多少人都挤在一处起居生活，厨房安置在窄小的院落里。——可是依然有着面皮白皙的城市人的优越感。

有一年夏天随了母亲去做客。二姑姑杀了一个西瓜款待。诸人啃完之后，二姑姑叮嘱瓜皮勿扔，然后一一收集起来，削掉啃剩的红瓤，再削掉瓜皮，独留中间的青白色内皮。西瓜的内皮脆生生的，水分充足，又残留着淡淡的甜意。中午的餐桌上，我们就吃到了二姑姑自创的一道新菜：清炒西瓜皮。

二姑姑家有四个孩子，姑姑姑父又是普通工人，薪资微薄，家常日子过得精打细算，瓜皮菜根也要"废物利用"，虽略嫌寒酸，并不算太窘迫，倒也有小市民的一种安贫乐道的小得意。

清炒西瓜皮，当时的滋味如何，记忆也是淡淡的了。当时的惊奇感却依然新鲜。

后来也偶尔见有人尝试着做凉拌西瓜皮，放了醋和糖。抑或做成沙拉状。饭店里去吃宴席，最后上的果盘里，切成细条的西瓜之外，还有用瓜皮雕刻了艺术造型的，有时候也会被人破坏了吃掉。当是滋味胜过青皮萝卜。

幼儿园的小朋友吃西瓜吃得"下作"，每每都要啃到内皮也吃尽了，只留一层单薄的外皮，才恋恋不舍地扔掉。屡劝不改，说是老师让这么啃。——如今已经是初中生了，每次吃西瓜依然是旧时风格，可见启蒙教育的重要性。

我的小弟从小节俭，从前在工地打工，想吸烟时就从地上捡拾人家吸剩的烟头聊解烟瘾。后来在商丘做小生意，为了节省日常开支，常常去附近捡拾人家吃剩下的西瓜皮，回家收拾一番，像当年的二姑姑一样，削皮去瓤，独留中间的青白色内皮，烹了蒜瓣清炒，并连连赞叹：好吃。好吃。

我听了，却是一阵心酸。

西瓜皮里有人生的大况味。

知味记

红薯生长在沙土地里，一夜秋霜，它们便出世了。食而知味，民以食为天，食却从地里来。是生命的开始，也是记忆的开始。

凉粉，瓜豆，高粱窝窝，蒸菜，野菜，它们既是成人世界艰难的民生，也是孩童时代难忘的美味。

/ 一品凉粉

深秋的地里，花生，玉米，芝麻，大豆，它们都不在了。只有红薯孤零零地待在那儿。它在等待着。我们也在等待着。

霜降之后，踏着深秋的晨露，扛着锄头，拿着镰刀，拉着平车，全家人去地里刨红薯。这是最后一次的秋收工作，虽然工作量不大，但要显得隆重。

红薯，在农人心目中占着重要的位置，它不但可以在粮食稀缺的年代充饥，还可以在粮食宽裕的时候做成各种吃食。凉粉就是其中之一，也是我的最爱。

红薯拉回家以后，先要分类。把长得好的、大的、齐整的、没有伤疤的，都归拢到一块儿去。这些是要下窖贮存的。在漫长的日子里，慢慢地吃。把长得孬的、小的、少皮没毛的、疤疤拉拉的，都归拢到一块儿去。这些残次品，一部分用礤床擦成片，晒干了，贮存起来。等来年春天，窖里的红薯吃完了，或者烂完了，这些晒干的红薯片，可以煮到玉米粥里去，是干粮的替代品。

剩下的一部分就要用清水洗得干干净净的，用平车拉着到夹堤去把它们"弹"了。弹是方言的说法，是粉碎的意思。弹红薯的机器只有夹堤有，所以每年母亲都要拉着平车跑到夹堤去。上午去，午饭后回。王村离夹堤并不远，只是等着弹红薯的人比较多，耽搁时间。

弹完的红薯，变成了一车泥状物，被母亲拉了回来。

红薯弹好之后，就是淋芡了。淋也是方言的叫法，是滤的意思。淋芡的工作是需要全家齐上阵的。两口大水缸是早就准备好了的，缸里的水是我们一大清早从压井里压出来的。淋芡的布兜是昨天下午就向邻居借好了的。父亲找了一根大粗棍，架在两把大椅子上，这是挂芡兜用的。大大的红琉璃盆也放好在了椅子中间。

母亲和父亲，或者是和哥哥，分别站在芡兜的两边，负责淋芡。我负责往里面舀弹好的红薯渣。两个弟弟负责往里面续水。

淋芡不但是力气活，还需要技巧。两个人要不停地用手抓住芡兜上下左右来回抖擞，而且动作要保持协调，力度要一致。这样红薯渣里的芡可以过滤得迅速而干净。这个工种等我长到十几岁的时候，也可以胜任了。

淋芡不是一次就能淋好的。要反复地淋，这样淋出来的芡才好。整个淋芡工作需要三四个小时。一般午饭后开始，到下午四五点钟才能完成。收拾好之后就到了做晚饭时间。

暮气笼罩下，淋好的芡都安安静静地待在芡兜里，它们要在深秋的院子里放置一夜。一夜的时间，水就可以控完了，芡也可以成形了。

成形的芡是什么样子的呢？就是在芡兜里的样子，上大下小的一大坨。它的边缘还会印上布兜的褶皱。颜色是灰灰的，摸上去滑溜溜的，手感很舒服。

淋好了的芡有三种用途。一大部分仍要拉到夹堤去做成粉条，在漫长的日子里当副菜吃。一小部分晒干了，保存起来，做咸汤或者做菜时用。另外的一小部分就可以打凉粉了——这是我们最期待的。

打凉粉是在淋好芡的当天晚上进行的，操作过程很简单，烧上一大地锅开水，把湿的芡倒进去，不停地搅，不停地搅，等它们变成了暗青色，咕嘟咕嘟地往外冒着热泡。熟透了，就成了。打好的凉粉还要晾一夜，冷却一下。不能放在地锅里晾,要把它们盛出来。碗里,盆里,都盛满了等待冷却的凉粉。

到明天早上,它们就会变成真正的凉粉了。从碗里倒出它们来,它们就成了碗的形状;从盆里倒出它们来,它们就成了盆的形状。看上去,是透明的暗青色。摸上去,凉凉的,很有弹性。你用指头弹它一下,它的身子就立刻颤悠起来,在那里来回晃荡。

凉粉,一般有两种做法:热炒和凉调。这两种做法都很简单。凉调就是凉拌,把凉粉切成方块或者长条,然后捣蒜。蒜捣好之后,加入盐、醋、酱油、香油。后来有了味精,就又加上味精。醋一定要多放,而酱油一定要少放。把这些调料直接倒入切好的凉粉里,搅拌一下就可以吃了。凉调的凉粉最大的特点就是爽口,在夏天的时候吃是非常惬意的。

炒凉粉就是把切成方块的凉粉,用热油翻炒。最好吃的就是蒜苗和瓜豆炒出来的凉粉,那香味馋得人直流口水。而我最爱吃的是炒凉粉里面的那些碎末和焦黄的锅巴。那是炒凉粉里的精华。

炒凉粉现在似乎还没有绝迹,回老家,偶尔还可以吃到,只是做了与时俱进的改良,不完全是小时候的味道了。

/ 高粱的香

小时候吃粗粮，最喜欢一种高粱面做的窝窝。那是一种红高粱，长在地里时是修长的身体，镰刀形的叶子稀疏有致，头顶上的果实也是稀疏有致，修长而低垂，和稻谷的相貌迥异。风一吹，摇摆生姿。这种高粱面蒸出来的窝窝颜色比现在的紫米馒头要深沉得多。母亲说那是放碱多的缘故。

高粱面可以做花卷，这是最寻常的做法。用三分之二的白面，三分之一的高粱面，掺在一起做的一种乡间卷式面食。这种做法称为"两掺"，也是食物短缺时代人民群众的一种智慧性创新。白面吃起来有一种小麦的香，高粱面吃起来有一种淡淡的甜，比白面和玉米面做的"两掺"好吃多了。

高粱面窝窝是纯粹的高粱面做的。母亲蒸的高粱面窝窝大似成人手掌，形状分两种：一种是窝窝状，一种是厚饼状。刚出锅的窝窝热气腾腾，烫得手拿不了。这个温度却最好。母亲把窝窝们起锅，放到高粱秆纳制的锅排上。手边是准备好的大油。

大油就是猪油，属于奢侈品。过年的时候，家家户户都会节省下来几块白白嫩嫩的肥猪肉——王村人美其名曰肉膘，肉膘放进炒锅里，慢慢熬炼出猪油，然后盛放到一个专门的陶罐里，省着点吃，能吃到下一年春节。

冷却下来的猪油是凝脂状，颜色是乳白色的，微微地泛着点黄晕。每一家的灶台上都会放置着一罐猪油，平时用来炒菜。也不能顿顿都用猪油，要选择性地用，有些菜就认大油，唯有大油炒出来才香，比如茄子，萝卜丝，那就只能奢侈一回。其他的菜还是用棉籽油菜籽油的时候多。

吃大油窝窝是一种比较费油的吃法。母亲也是偶尔为我们做，不可以吃得太过频繁——要不然一罐猪油就撑不到过年了。

两种窝窝有两种吃法。高粱面饼得用刀从中间片开，像汉堡一样，然后抹上大油，撒上粗盐，稍等一会儿，等油和盐溶化了。咬上一口，和着口水咽进肚子里。可是那强烈的香味又刺激得更多的口水涌出来，让你不得不变成饕餮之徒。窝窝的吃法细致一些，把大油和盐放进窝坑里，用筷子从里面把窝窝的壁捣碎了搅拌，边搅边吃，从里到外，直到挖空为止。我喜欢这种吃法，可以一边吃一边慢慢品味。吃相也斯文一些。

母亲每次蒸高粱窝窝的时候都等同于过节，对我们来说，把大油直接放进窝窝里吃，比炒进菜里要香上三百倍。我们饥肠辘辘地候在蒸锅旁边，等待着狼吞虎咽时刻的到来。

/ 痛快的饸饹

饸饹条在古代被称为"河漏"。据说是河南某些地区的特色面食，主产地在郏县，获嘉也有。或者现在还有——我见识得少。

饸饹条原来是用荞麦面或高粱面，后来改用面粉做，这几种我都没吃过——也不对。

济南城新建了一处仿古式美食娱乐街区，叫宽厚里。初建时人气不盛，于是想办法拉拢，在内街上又搞了一个露天的夜市出来，后来又取缔了。在取缔之前，偶尔去逛，竟然看到有一个摊子在卖"饸饹"。一时兴起，买了一碗来吃，端上来看，却是白面饸饹，吃到嘴里，味道也不过尔尔。

我小时候倒是吃过一种用红薯面做的饸饹条，至今念念不忘。

之所以用红薯面，大约是那时候面粉缺乏的缘故。或者母亲有先见之明，知道红薯面饸饹是最好吃的。

先是把红薯面（红薯自己无法成面，应该是和面粉掺在一起）蒸成馍，趁热，就可以直接压饸饹条了。压饸饹条要用专门的工具，叫饸饹床。我小时候见过的饸饹床是木制的，一个直径十五厘米左右的圆桶，底端是铁片，像筛子一样，分布着筷子粗细的圆孔。圆桶上面支着一个和它大小相对应的木槌，连着一个长的手柄。用的时候像压井，放入蒸熟的红薯面馍，一压一压就出来细长的面条，就是饸饹条了。因为面是熟的，压出来的饸饹条可以直接吃。我们就端着碗在下面等，等饸饹条下到碗里，热气腾腾的，拌上调制好的蒜汁，呼噜呼噜，一会儿就吃光了。于是又端着碗到饸饹床下面等……

红薯面饸饹条真是好吃，可是记忆里也并没有吃过几次。印象最深刻的就是那天中午，母亲去别人家借了饸饹床，放在堂屋中间，为我们做饸饹条吃。记得自己端着碗在接压下来的饸饹条。褐色的面条冒着热气，红薯的香甜，配以酸辣的蒜汁，想着想着就要流口水了。

/ 瓜豆臭闻

在种黄豆的年代，每年家里都要腌臭豆。秋天里新收的黄豆，放到来年六月里，晴日悠长的时候，煮熟了，盛放到一个大簸箩里，给它们做一个厚厚的麦秸窝，捂着，一个星期左右，臭味就出来了。掀开麦秸看，当初黄灿灿水灵灵的豆子，都长了一身绿的黑的毛。拿到太阳底下晒，晒到崩崩硬的程度，用手一拨弄，一层黑绿的烟荡上来，臭豆的整道工序就完成了。

臭豆有两种吃法。一种是泡臭豆。平时没有新鲜蔬菜可吃的时候，从瓦盆里抓出一些臭豆来，放进碗里，开水冲烫，一会儿的工夫就泡软了，然后放些盐，香油，春天的时候菜地里有蒜苗郁郁葱葱，掐一些下来，切碎了放进泡好的臭豆里，那真是一种别具一格的香。

另外一种是要进行再加工的。等到七月里，地里西瓜吃得差不多了，留一些出来，打碎了瓜皮，把西瓜瓤掏出来放进一只腌菜的小缸里，然后放进晒干的臭豆，放进一些花椒叶，放盐，用一块干净的塑料布扎紧缸口，十天左右就可以吃了。这种西瓜和臭豆腌制的酱，我们称之为瓜豆。瓜豆可以直接当酱吃，也可以炒着吃，蘸馍，香。最喜欢的一种吃法是，用油烹了洋葱，放上鸡蛋，再加上瓜豆酱——当卤，吃捞面。这是我百吃不厌的。

在蔬菜缺乏的年代，瓜豆是可以当菜吃的。尤其是青黄不接的春天，一碗瓜豆，就可以支撑到夏天。

有一年特别想吃母亲做的臭豆，便打电话回去请母亲做好了寄过来。寄是寄过来了，差点引起了邮局工作人员的公愤。母亲用来包装臭豆的塑料袋子破了，霸道的臭豆味从外面的布袋子透出来，飘满了整个邮局。

山东没有臭豆。沂蒙地区倒是有一种豆制酱菜，叫豆豉。味道虽然不如臭豆刺激，但是也比较浓烈。有一年从临沂回家过年，特地买了两罐。装豆豉的罐子是那种古朴的陶罐，很漂亮。只不过密封性不是太好，一路颠簸，竟然在半路上泄露，酱汁流出来，浓郁的味道飘散在长途车厢里，好在车厢里本来百味杂陈，大家也都不以为意。

济南人大约也不怎么吃豆豉，更不知道在豆豉之外还有一种叫"臭豆"的神物。所以在我去邮局领取包裹之前，邮局的工作人员一边忍受着这种特殊气味的熏陶，一边费尽了心思猜测包裹里的内容。他们七嘴八舌，议论纷纷：这是什么东西这么奇臭无比，竟然比臭豆腐还要臭上几万倍，简直让人不可忍受！

邮局的人见了我仿佛见到了救世主，连声说："赶紧拿走赶紧拿走，快熏死我们了！"旁边一位老妇人却见多识广，主动声援我："你们不知道，这可是好东西。都是益生菌。"

我面露尴尬，又满怀感激。乖乖地提着一袋子古老的益生菌回家了。

/ 秀色可蒸

蒸菜是最受乡间主妇们青睐的一道菜肴。因为它既可以当菜，又可以当饭，做法简单，经济实惠。而且，没有什么是不可以拿来蒸的。

初春二月，柳絮生成，正娇嫩着。挎了篮子去村外找棵柳树捋一些回家，清水淘洗，拌上黄白相掺的面、盐、花椒面、葱花姜末，上笼蒸，二十分钟或半个小时，蒸菜的香味就从锅里溢出来了，略带点苦味的柳絮的清香。

清明节前后榆树上会长出一串串淡绿色的榆钱。它也是可以捋来蒸的。榆钱蒸菜是一种淡淡的甜香。我们家中间堂屋靠着西山墙长着一棵硕大的榆树，每年春天都结满累累的榆钱，蒸着当菜吃的只是够得着的很少部分，满树的青绿色的榆钱，年年都是漫天作雪飞了。

除了做蒸菜，榆钱还可以做成菜窝窝。洗干净了，揉到发好的白面里去，蒸熟的菜窝窝，热气腾腾地出了锅，稍微晾一晾，切成薄片，调制好的醋蒜汁泼上去，一股香气刺激着味蕾。吃到嘴里是酸辣里透着甜淡，口感是筋道的。

四月份槐花开遍乡间，吃起蒸菜来就更方便，往往从一棵树下过，偶一抬头，便看见树上已是一片狼藉，那是刚刚被捋槐花的洗劫了。不知哪家中午的灶上会飘出槐花蒸菜的浓香。

山东人吃槐花的少，当季的时候，偶尔在市场上会看到有新鲜的槐花卖。有时候在路上走，大道旁也有一大清早从山上捋了槐花坐公交进城来卖的老大爷老大娘，用一杆古老的铁木小秤颤颤巍巍地称给你，装进一只重复利用过的塑料袋子里，五元钱就可以买到一大袋子。拎回去吃也吃不完，捂得久坏了，只好扔掉。

对于一次吃不完的槐花的处置，王村人有更好的贮存方法。那就是用开水"炸"了，晒干，这样就可以保存好久。到了冬天，还可以用干槐花泡发了做馅包包子。干槐花既保留了槐花的余香，又比鲜槐花筋道，有嚼头。包子可以做成纯槐花馅的，或者辅以韭菜肉馅，都非常好吃。一口咬下去，就会有一股久违的春天气息自唇齿间弥漫开来。

有一年夏天回王村，大弟存了一些鲜槐花在冰箱里，并且自创了一种新的吃法请我品尝——槐花炒鸡蛋。创意是不错，只是槐花是甜的，味道和鸡蛋并不搭配，吃起来腻口。他的另外一项创新——槐花咸汤喝起来也是不敢恭维。

热爱在饮食上搞发明创新的乡人对于蒸菜是非常钟情的。不单单是这些树上天生的野味，就是平时自己种的菜也要拿来蒸。夏天六七月份，菜地里的豆角多得吃不完，长老了，颜色苍黄，皮质松软，不宜炒和凉拌，就只有做蒸菜了。豆角做的蒸菜外皮筋道，豆子绵软，拌上蒜汁，很是美味。

后来还吃过马齿苋、芹菜叶、茼蒿等做的蒸菜，味道都好。吃上一盆热乎乎的蒸菜，再喝上一碗小米稀饭或者玉米糊涂，所谓清粥小菜，一生平安。

/ 不思饮食

有一天，哥哥有点"不思饮食"，病恹恹的。母亲心疼他，说哥哥可能有了"shi气"，是"食气"，还是"石气"，还是"湿气"，我现在也搞不明白。后来有了点科学知识，想了又想，大约是脾气虚弱的意思。

母亲开始和面。面很少，也就"一记"的样子，和面的时候放进去一点盐。和好的面团很硬，很硬的面团在母亲手里被揉来揉去了十几分钟之后，又掺了一些芝麻进去继续揉——揉好的东西就是"面骨橛"。做好的面骨橛有一拃来长，食指和拇指环起来那样粗细。

母亲开始烧火做饭了。烧的是地锅。等灶口里的灰烬落下去足够多了，母亲便把做好的面骨橛放进灰烬堆里去，让余热充足的灰烬慢慢煨熟它。差不多一顿饭做好了，面骨橛也烧熟了。扒开灰烬，一股掺杂着芝麻香的麦面香就"呼啦"一下扑到鼻子里来了。母亲做的烧骨橛大多数时候是焦黄焦黄的，完美的杰作。偶尔也有失常，灰烬里的余热有点过头了，或者一转身去忙别的事给忘了——这在母亲是偶尔会发生的，煨的时间略长了些，扒出来的骨橛就有点难看了，面色焦黑，轻点的刮掉焦黑的表皮还能吃，严重的就直接变成炭棒了。母亲就开始生气地骂起来了。要知道那时候粮食多珍贵啊。

烧好的面骨橛真是香啊。掰开以后，香得人直流口水。看着哥哥狼吞虎咽的样子，我也想吃。站在旁边不肯走，母亲就让哥哥分一点给我解馋。不记得母亲专为我做过烧骨橛，大约是因为我身体强壮，不曾有过"不思饮食"的时候吧。

母亲回忆我小时候的事迹时，总是说我特别能吃。说哥哥过生日，母亲煮了五个鸡蛋，我站在锅边一口气吃了四个，还要吃。母亲恳求："乖，别吃了中不中？好歹得给你哥留一个。"说我爱吃肥肉，家里实在不能供应我天天吃肉，就指着盘子里的白菜帮哄我说："吃吧吃吧，这是大肉膘。"

可是我记得自己长到七八岁的时候，有一次去大爷家吃二堂哥的婚宴，就已经不能吃肥肉了，瞠目结舌地看着旁边那个大嘴吃肥肉膘的女孩，胃里一阵的恶心。

我后来想，我那么早就开始"伤"肥肉，会不会是小时候吃白菜帮吃多了？

/ 炒面与花生饼

炒面与花生饼都属于特殊年代的特殊产物。

每年冬天的早上，母亲扎开煤火，温上锅，削几块红薯在沸水里咕嘟着，冒出越来越香甜的气泡。母亲问我："吃炒面不吃？我给你烫一碗。"

我是喜欢吃炒面的。有时候看电视里红军长征过草地爬雪山，都是吃的炒面，不知道和我吃的是不是一样。我看着母亲从炒面袋子里抓一把炒面出来放进碗里，掀开锅盖，舀一勺滚烫的红薯水出来，倒进炒面碗里，边倒水边搅拌。一会儿，一碗炒面就烫好了。盛在碗里的已经被烫熟的炒面比煮在锅里的红薯还要香甜。

吃一碗热气腾腾的炒面是需要技巧的，拿一只小汤勺沿着碗边一圈一圈地吃，小口小口地吃。上等品质的炒面吃到嘴里的口感绵软香糯，口味纯正而又细滑。有一年不知道哪里弄来的炒面吃起来一股苦味，大约是做炒面的原材料有坏的。

炒面里含着大枣和红薯面。其他还有什么成分就不知道了。我家不做炒面，每年的炒面都是亲戚家送的，夹堤的大街姥送的多一些。

除了爱吃炒面，花生饼也是我喜爱的一种乡间零嘴。炒面一般是在放了早课回家吃早饭时吃，花生饼则是早饭后的甜点。

花生饼是榨花生油时的下脚料。它有多种功能。像刨花一样的花生饼撒到牲口槽里可以给牲畜当营养餐，撒到田地可以给庄稼当营养餐。——这是后来的花生饼形状。开始时是制成整块的敦厚的饼状。这样的花生饼可以敲碎了喂牲口，也可以当零食被人吃。

我小时候吃花生饼吃了有几年。花生饼硬得像石头，吃的时候需要用刀或者斧头砍下来一小块。也可以直接生吃——生吃有一股青腥气，所以大多数时候都是烤着吃。砍下来一块放在煤火口旁边，焙焦了，咬上一口，满嘴的香味，既解馋又解饥。

吃过早饭之后去上学，顺手拿一块花生饼，边走边啃，可以消磨一路的时光。

/ 野味的清欢

当我们在初春的麦地里四处撒欢挖野菜的时候，并不认识后来名声遐迩的荠菜。我们只认识面条棵，把它挖回家可以放进清汤面条里调色，以增食欲。

春天闹菜荒的时节，有人甚至捋了初生的杨树叶子来吃，用水焯了，依然难掩苦涩之味。小孩子好奇心重，明知道不好吃，却羡慕别人家吃杨叶，央求母亲也弄来吃，未果。母亲对这种不入流的野菜是怀着深恶痛绝之心的，大概跟以前啃树皮吃树叶的苦难经历有关。

油菜的嫩芽也可以吃的，至于怎么吃，因为我家没有吃过，并不清楚。秋天的嫩红薯梗掐了来，切短了，焯水，放醋，蒜汁，凉拌，倒是非常爽口。

夏天生的马齿苋在乡下还有一种称呼：马西菜。它除了做蒸菜，还有一种更好吃的做法：用白面蒸成菜窝窝，切成片，拌上调制好的蒜汁。筋道中带着脆滑，在我们家中是一道很受青睐的主食兼主菜。

还有一种叫猪毛菜的野菜，也是夏日里极爽口的一款凉菜。它们喜欢生长在松软的黄沙岗上，尤喜树林里的阴凉之处。刚长出来的猪毛菜，密密麻麻地直立着，像一根根翠绿色的猪毛，它的名字也由此得来。此时的猪毛菜是最鲜嫩的，薅回家去，把白细的长根切掉，淘洗干净，焯了水，用调制好的蒜汁拌了，摆上饭桌，一霎时便风卷残云，不见了踪影。

所有的野菜都适合甚至必须用蒜汁调制，蒜汁的香辣，还有醋的酸味，可以有效遮蔽野菜本身的苦涩之气，提升野菜本身的清鲜之味。它们二者应该是独一无二的绝配。

小时候沙岗上长着大片的树林。对于我们来说，它既是游乐园，也是采摘园。初秋时节，一场清雨过后，许多树木下面会拱出一簇簇鲜嫩的小蘑菇，憨态可掬。运气好的话，会挖小半篮子，高高兴兴地回家去交给母亲处置。

清炒的野蘑菇，鲜香爽口，是一道平时难得一吃的美味。不过母亲做的蘑菇炖鸡，则是天下一绝。尤其是鸡汤，黄灿灿的，那才是真正的鸡汤。鸡是家养的老母鸡，过了下蛋的年龄，才舍得杀来吃。母亲做蘑菇炖鸡，一定是要放花生米的，那花生米吃起来也有一股香浓的鸡肉味。人多，肚子空，一只鸡的肉根本不够吃。鸡肉吃完了之后，我们就拿花生米当鸡肉来解馋。

那时候还住老院子，黄泥砖砌就的院墙。院墙外一棵没有主干的石榴树，七枝八权的，年年开花，结果。还负责训练我们的爬树技能。我们一家人坐在石榴树身边吃母亲做的野蘑菇炖鸡。那时候母亲还年轻，我们都只是十来岁的少年。而鸡汤的香气一直缭绕在那个秋日的傍晚。

/ 花椒有味

　　王村的院子里以前种着菜，父亲绕着菜种了一圈花椒树作篱笆，就有了菜园。花椒树多尖刺，枝叶繁密，赤着手伸进去，出来后就伤痕累累了。所以防护效果极好。可是到了秋天，采摘花椒也变成一种令人痛苦的工作。

　　大爷家墙外种着几株桃树，也种了花椒树作为防护墙。他那片东地麦场北小桃园的篱笆也是花椒树。

　　花椒可入膳，亦可入诗。《诗经·唐风》里有歌曰：

　　　　椒聊之实，蕃衍盈升。彼其之子，硕大无朋。
　　椒聊且，远条且。
　　　　椒聊之实，蕃衍盈匊。彼其之子，硕大且笃。
　　椒聊且，远条且。

有考据者称《椒聊》是一首赞美妇女多子女的诗。

大爷养育三子五女，父亲则是三子一女，后来都渐次繁衍生息，子嗣众多，令那些人丁凋零的家族羡慕不已。兄弟俩爱种花椒，也是冥冥中契合了"椒聊"的古老寓意。

我平时做菜是"无花椒不欢"，恨不得做个蛋炒饭也要炸几粒花椒进去，也因此深得某些家庭成员的深恶痛绝，却依然不改初衷。

我对花椒的偏爱大约源于小时候过年时的气味熏陶。每年的大年三十，母亲都要"盘"饺子馅。"盘"在王村的口语词典里的解释大致是用手不停地搅拌馅料之意——类似于现代人双手不停地揉搓文玩核桃的动作，不同之处在于，"盘"完的馅料是用来吃的。

母亲每次盘饺子馅之前，都要抓一把花椒八角小茴香之类扔进干锅里焙成焦糊状，再用擀面杖碾成碎粉，撒进饺子馅里做调味料，有一种画龙点睛的功效。焙熟的花椒散发出一种奇异的香味，它飘出窄小破旧的厨房，飘出空荡荡的院子，飘到已经洒扫过的街巷里。我用小鼻子嗅一嗅，一种令人心潮澎湃的浓郁年味扑面而来。

所以后来便形成了一种嗅觉上的条件反射，只要闻到焙花椒的特殊香味，便油然而生一种"过年"的心理暗示。

济南城南部的山多是活山，养人。到了秋天，山民采摘了柿子、核桃、山楂、花椒等下山售卖，有的就近摆在山路边，有的坐了公交远远地摆在城市里的马路。山上的花椒比平原的花椒多了些野性的芳香，味道更浓烈一些，是我所喜欢的——四川的麻椒也是我所喜欢的，只是味道太过热烈，有点消受不了。

朋友老家在南部山区，秋天里回去，也常常带一些成熟的花椒果，打成一小包一小包的来送亲朋。炒菜时丢几颗进去，顿觉滋味有别于市场上所售。

今年春上，我们如鬼子进村杀进了那个名叫"天井峪"的山坳里。朋友家却是在半山上，院子是旧的，房子也是。朋友歉然，我们却道极好极好。确实是极好，单单是这新鲜的空气，城市里几百万的别墅也换不来的。恰巧昨日刚下了一场透雨，山间空气清澈，打开肺腑，深吸一口，神清气爽。

朋友说，此时的花椒芽子正嫩，摘一些中午炸了吃。花椒树刚生出的嫩叶，被济南人称为"花椒芽了"，形象生动。花椒叶子也可以吃，这也是来到山东之后新领教的饮食知识。同样的，春天里野生的香椿树刚生出来的嫩嫩的香椿芽，也是济南人极为推崇的餐桌佳品，新上市时甚至卖到三十元一斤的高价。

那个时候我还在"持素戒"，他们大吃果木炖的排骨鸡，我却吃了一肚腹的炸花椒芽子和炸香椿芽子，以至于到了晚上，仍是了无饿意。

山上的花椒树栽植得并不密集，三三两两的，闲闲散散的，也并不高大壮硕，我们站在高高的山顶上，苍穹下，摘着柔嫩的花椒叶，山风徐来，感觉自己亘古以来就住在这里。

仿佛我的王村也从未远离。

古风记

每一个村庄都有自己的历史，在这历史里蕴含着古往今来的风俗。王村也不例外。小的时候，母亲告诉我说，端午节要吃麻糖，中秋节要吃面月饼，重阳节要摊煎饼，六月初六一定要晒衣物。而过年，更有说不尽的有趣节目。

/ 端午节与麻糖

就像元宵节不吃汤圆，在王村，端午节也是不吃粽子的。

王村的元宵节不吃汤圆，吃饺子；王村的端午节不吃粽子，吃麻糖（音同烫）。乡下人不喜欢跟风逐潮，自己研发出一套经济实用的饮食风尚，流行于乡间村寨。正所谓：自行其是，自得其乐。

麻糖不是麻的糖，是油条。

河南人把油条叫作麻糖，似乎古已有之。清咸丰年间张林西所著《琐事闲录》就有记载："油炸条面类如寒具，南北各省均食此点心，或呼果子，或呼为油胚，豫省又呼为麻糖，为油馍，即都中之油炸鬼也。"

书中所说"寒具"之类大约就是山东人爱吃的馓子，刘禹锡《寒具诗》有云："纤手搓来玉数寻，碧油煎出嫩黄深，夜来春睡无轻重，压褊佳人缠臂金。"而豫省呼油条为麻糖是对的，油馍却不是。河南人所说的油馍是指葱花油饼，二者不是同类。

至于油条又被称为油炸鬼、油炸桧，那应该是南宋以后其他地方的叫法，和河南人没多大关系。河南人只叫麻糖。

王村的端午节炸麻糖是一项很隆重的活动。因为炸麻糖属于技术工种，不是所有的主妇都擅长此道，要请来专门的炸麻糖的"老师儿"（河南人把"老师"儿化音之后当"师傅"叫）来家里制作。还要预约好了，以免到时候被别人捷足先登抢跑了老师儿自己干着急。

母亲做事周到利落，老师儿是早就请好了的。端午节当天要起个大早，洒扫庭院，准备物具，所谓物具大致包括：一大袋面粉，一大桶花生油，二三只大簸箩。

河南的麻糖长有尺余，厚而宽，长相敦实，外表焦黄，内里绵软。从小到大一直吃它，觉得这世界上的所有麻糖都该是这样的，吃起来绵里藏劲，像陈氏太极，回味悠长。后来吃到济南的油条，顿觉惊诧无比。济南的油条属于短小精悍型的，在油里炸得透透的，吃起来焦而脆，是适合做成煎饼果子的。而河南的麻糖，是适合配胡辣汤的。

端午节除了炸麻糖，顺便还炸些糖糕和焦叶（母亲叫焦焦）。焦叶是最简单的，用压面条机压出一些薄面片来，要提前放好芝麻和盐，切成大小近似的方块，丢进油锅里炸熟即可。

母亲最擅长的是炸糖糕。她炸的糖糕远近闻名，亲戚里有偏爱吃糖糕的，每年都要多炸些送人。炸糖糕需要用烫面，里面裹上黑糖，炸出来的糖糕一个个的圆鼓鼓的小胖饼，趁热咬上一口，黑糖汁会流出来，又香又甜。

父亲对母亲所做的一切都不以为意，却独爱吃她做的两种面食，一种是重阳节的摊煎饼，一种是端午节的炸糖糕。

过了小满之后十天左右就是端午节了，也差不多到了开镰割麦的时候。年景晚的话，可以吃了端午节的麻糖再干活；年景早的话，端午节就没法过了，只好放到"麦罢"一起过。

"麦罢"不是节气，也不是节日，是过了麦收大忙之后，只有家里有"新亲戚"的才走的一种乡间礼节。何谓"新亲戚"？即已经定了亲结了亲家的姻亲家庭。礼尚往来，每年的麦罢，新亲戚的家庭要分别派了代表提着热气腾腾的麻糖去看望彼此的长辈，顺便加深一下未婚男女之间的感情。美其名曰：瞧麦罢。

除了端午节和"瞧麦罢"需要炸麻糖，乡下还有一个重要的节日，更需要大量的麻糖来进行礼仪来往，那就是老庙会。三里五村，十里八村，隔三岔五的庙会日，成为乡间人们聚众热闹的一个堂而皇之的由头。

在我小的时候，麻糖还是赶庙会走亲戚唯一的必需的礼物。所以时常会看见马路边、村庄口、街道上，星罗棋布般驻扎着临时搭建的炸麻糖摊位。

每到庙会日，无论是走路的、骑车的、赶车的，人手一份麻糖。有钱的多买几斤，没钱的少买几斤。来的都是客，多少都是礼，主人家都不会嫌弃。

收礼多的人家，大簸箩小簸箕，都盛着满满的麻糖。客人们吃了拿了之后还剩下好多，家里人以后日日吃麻糖，实在吃不完又怕坏的就想个妙法，把麻糖晒起来，晒成麻糖干。新鲜的软麻糖吃完以后就接着吃硬硬的麻糖干，竟然可以吃到中秋节。

到最后，那麻糖干硬得，简直可以砸死狗了。

/ 过苦夏

入伏之后，渐入苦夏之境。

所谓"苦夏"，据说也是一种季节病，怪不得近日总是精神萎靡，不思进取。

不思进取却还要勉强做事，也是一种痛苦。倒不如学袁才子："不着衣冠近半年，水云深处抱花眠。平生自想无官乐，第一骄人六月天。"

晒　伏

农历六月初六，窗外骄阳似火，正是晒被服的好时候。从前在乡卜，母亲年年固定在这　天大晒衣物。所有的被子，所有的棉服，统统翻找出来，院子里扎满了绳子当作临时的晾架。墙根也摆满了男男女女大大小小的棉鞋。一院子花花绿绿的风景，不明就里的看了还以为是在搞乡村风物展。

小时候最喜欢凑热闹，等母亲把被服搭满了绳架，我们便把晒场当作迷宫，掀开被子在里面钻来钻去地游戏。或者故意地去套上大人的棉服棉鞋作怪，手舞足蹈地耍一番小丑戏。于是从小便得了一个人生体验：夏天穿棉服一霎时是凉爽的。这大约跟走街串巷叫卖冰棍的用棉布和泡沫箱来包裹冰棍一个道理。只不过冰棍是凉的，人体是热的，一霎时之后便汗流浃背了。

六月初六晒衣物被称为"晒伏"，据说七月初七还有晒书之说。晒书比晒衣想来更有趣一些，晒书自然是真晒书，当然不能学不得志的郝隆纯粹为了耍意气晒肚皮。只是小时候白丁传家，无书可晒，小肚子也是瘪瘪的，连干粮都没有，更别说学问了。现在倒是有了几本书，怎奈城市蜗居，上不见天，下不着地，无地方可晒。

午后正热，廊下守着一堆旧书打瞌睡，或者还有几缕不识字的清风在胡乱翻动书页。院子里的大杨树上吱哇吱哇的有新蝉试鸣。这样臆想出来的情景可以作一幅文人画了。

吃　伏

有朋友居湘地，每年六月初六日都要吃水鱼（甲鱼）炖羊肉，此风俗在古代被称为"吃伏羊"。古时的人们比现代人更懂得生活之道，除了有"晒伏"一说，还流行"吃伏"。他们不但吃伏羊，还吃伏鸡、伏狗。据说也是秉承了古朴的"以热制热"的养生理念。

此所谓"天人合一"是也。《黄帝内经》有云："夫四时阴阳者，万物之根本也。所以圣人春夏养阳，秋冬养阴。"羊肉狗肉都是生发阳气之物，怪不得济南人爱在盛夏夜通宵达旦地光着膀子吃烤串喝扎啤，不亦乐乎，胡吃海喝的背后还是隐约遵循了一定"天理"的。

晋地则流行"伏姜茶"，用生姜、红糖、山楂、枸杞等物制成之后，在毒热的太阳底下足足晒够三伏后食用，可祛除体内湿寒之气，排毒健体。据说此法也流行于豫地，我却是不知道。大概是靠近山西的豫西才有吧。

在我生活的王村，我的母亲只知道六月初六大晒那些"破铺衬烂套"（母亲语），至于伏天要特别吃些什么是从来没有的。而济南人除了贯穿整个夏天的"撸串"，也只是在"夏至"当天吃一碗济南风味的凉面表达一下对夏天来临的敬意。

凉面我还是喜欢吃王村风味的。面条是母亲手擀的，切成一指宽。黄瓜是自家菜地里生长的，翠绿心，连刀切丝，拌上调制好的醋蒜汁。面条是一定要过了凉水的，不带一丝丝热气。这样的一碗凉面，于我来说，是三伏天里的消夏胜品，不亚于湘人的伏羊伏狗之类，所以我也可以把它称为"吃伏面"。——于是王村便也有了"吃伏"风俗了。

这样的一碗凉面，如果要打分，那是要评上九十九分的，最后的一分是要加上一种特别的调料：西番芥。

西番芥是王村的叫法，它的学名叫荆芥。荆芥是一种味道独特的调味品，说它味道独特是因为爱它的人赞它清香无比，厌恶它的人则说它奇臭难闻。我当然属于前者。

荆芥大约只有河南人爱吃，这么多年在济南鲜见它的身影。偶有河南籍学生"遵师命"寻觅一些送来聊以解馋。——这"一些"也是从居鲁地的河南人的私家菜地里采摘的。

以前在王村时，父亲爱种它，每年把种子撒在院子里辟出来的一块菜地里，到了夏天郁郁葱葱的一大片。荆芥繁衍能力很强，吃的时候要掐叶梢，过几日，枝杈间就会生发出新叶来。这样层出不穷的，一直吃到夏末秋初荆芥开花结籽长老了为止。

去年特意叮嘱家里人种上一些荆芥，说等放了暑假要回去吃。终究没能回去。

╱面月饼

从前生活在乡间，抬头即见天日。夜晚的月亮，从初月一直可以望到满月，中秋节的圆月也不知道望尽了几回。

今夜月明人尽望，不知秋思落谁家。年纪小，见识短浅，秋风冷月，莫名的愁思在胸中回还激荡，却找不到出口。

如今年纪不小了，见识却并不见多么精进。一到了秋天，总还有莫名的愁思在胸中回还激荡仍然找不到出口。人生于世，总是会有一些根深蒂固的东西左右着你的命运。也是无可奈何的事。

想起来有一年中秋夜我站在沙岗上的杨树林里，长久地凝望着中天之月，内心充满了惆怅与彷徨。不知道当年的苏子喝醉了，拍手而歌，"起舞徘徊风露下"，内心有没有如我这般的惆怅之感。

何以解惆怅，唯有吃月饼。记得有一年中秋节，我从距家三十里地远的学校骑着那辆被哥哥淘汰下来的破自行车跟跟跄跄回家去，一路上受尽了折磨，心情极度郁闷。终于到家，发现院子里只有父亲一人，母亲他们去地里收花生了。我怒气冲冲地把那破车扔给父亲让他修理，然后进屋，突然就发现了那馍筐里盛放着的面月饼。它们静静地躺在那儿，好像就是为了等候我的归来似的。于是我一霎时转怒为喜，左手右手各擎一枚，一路啃吃一路欢歌乐颠颠地去地里找母亲了。

面月饼是农历的八月十五这一天，王村家家户户的主妇们必定要做的一种乡间面食。等我长大后见识了各色面食，发觉小时候被我奉为圣物可以解忧的面月饼，其实就是一种糖烧饼的变种，只是做法和口味上更加的质朴和纯良。但是它已经被我附加了太多情感和记忆在里面，我仍然喜欢叫它面月饼。

月饼前加一个"面"字作前缀，自然是为了和那些花钱买来的五仁月饼区别开来。面月饼和五仁月饼一个白面庞，一个红面庞，可以比作乡间土戏台上的两个角色：一个唱红脸，一个唱白脸，足可以支撑起一个朴素而不失礼仪的中秋大戏了。

在王村，中秋节也不叫"中秋节"的，叫"八月十五"。这也恰恰是和农耕时代人们过日子翻日历看"黄道"相匹配的。

八月十五"炕"月饼，八月十六走亲戚。这是王村每年的惯例。炕在王村词典上是一个典型的名词动用：炕油馍，炕月饼。都是它。

炕月饼的锅是平时做饭用的大地锅。锅里一次能炕上七八个月饼，还得有个坐在地锅前面负责添柴烧火的——未必是丫头，再加上面案上两三个揉面制作月饼坯子的。炕月饼是一个很能体现团队合作精神的工作，母亲每次召集来的也都是平时关系亲睦的女邻，她们叽叽喳喳，嘻嘻哈哈，一边做事，一边聊天，仿佛在开"同好会"。

我年纪虽小，也愿意参与其中。炕月饼的工程里，我最喜欢做的是两件事：偷吃馅料和压花纹。

面月饼的馅料是用炒熟的芝麻和红糖搅拌而成，又甜又香的气味在空气中飘来飘去，惹得人流口水。我总是瞅准机会，趁大人不注意，用小勺子偷偷往嘴里运。压花纹是一个细致的活计，要准备好模具，酒瓶盖，麻梭（一种被王村人叫作"大麻"的麻属植物的果实），我是负责提供模具的，偶尔得母亲恩准还能拿个麻梭或瓶盖在光秃秃的月饼胚子上小试身手。实在找不到这两种最佳模具的时候，母亲干脆直接用碗口来压花纹，一只碗倒扣在月饼坯子上，来回循环交错，线条缭绕，压出来的图形也小有意趣。

小孩子重实用也重意趣，当彼此从家里拿着月饼出来开碰头会的时候，都要各自伸了眼睛过去，比对一下谁家月饼的花纹更好看一些。仿佛握在手掌里的香喷喷的月饼不是填饱肚腹的吃食，而是一件形而上的艺术品。

至于每年中秋节的走亲戚，包装精美的五仁月饼虽然是主角，但是凡是做了面月饼的家里，都要额外再放进去几枚自家的面月饼作为特别的馈赠。

我小的时候不爱吃有着青丝红丝的五仁月饼，现在也不爱吃。家里其他人似乎也不大爱吃。唯有母亲一个人爱吃——或者她也是不爱吃的，只是惜物怕浪费。每年的五仁月饼经历了一轮又一轮的辗转回还，圆满完成了走亲访友的仪式之后，家里总要留下来几斤，全被母亲承包下来，当作了一日三餐，一天一天地吃下去，直吃到五仁月饼越来越硬了，甚至长了绿毛，母亲就放进蒸锅里"馏一馏"，接着吃。

当我读了几年书，心里冒出来一些浪漫的想法，就想学那些文人雅士一样过一个像样的中秋节，而不是简单直白的"八月十五"。乡下庭院空阔，树木稀疏，于明月净土之上，摆上一张方桌，置几碟点心瓜果，便可合家团圆，过一个中秋佳节了。

——至今未曾如愿。每每念及不胜惆怅。

何以解惆怅，对月两相望。只是物非人非，望也是无尽之望了。

/ 重阳节与摊煎饼

重阳宜登高。

登高以寄啸。赏菊。逛山会。

听说千佛山上有一处"赏菊岩"，这许多年里竟然懵懂不知，更别提登临了。每年的九九重阳节，千佛山必开山会，据说这也是自元代始沿袭下来的惯例。

记得初到济南，第一次去逛山会，正值国庆节与重阳节重合，自千佛山路路口便开始摩肩接踵，步步挪移了。放眼一望，乌压压人头攒动，千佛山已不是千佛山，变成了万人山。

那时的千佛山山会还好坑，除了山路两边卖各种山货的，还有搭戏台唱戏的，玩杂耍卖艺的。我们一路上山，一只眼睛看山货玩意，一只眼睛观摩石头罗汉。——如今的山会只是摆布在山上的喧闹集市，石头罗汉的大耳垂和长眉毛也不再有吸引力了。

老舍当年任教于齐鲁大学，逢了周末或者节假，也常常会踏着石头台阶上山闲逛，他钟情于山路边的旧书摊子——如今的旧书摊子也没有了。倒是有论斤叫卖的砖头厚的疑似盗版书籍夹杂于花花绿绿的山货中间。

第一次逛山会，还有新奇感，应景地买了几个小玩意：浸了水会自动撒尿的小泥人，一块彩色的泡在水里特别漂亮的石头，一只绣着"千佛山留念"的花里胡哨的小布包。三个人一鼓作气爬到了最高处。山顶上怪石嶙峋，也是站满了人。有人吹响马哨，有人喊山，有人拍照，有人吹山风，有人观风景，有人发呆。

据说重阳之时，千佛山上开满了菊花，我倒是印象不深，或者是我不曾登临"赏菊岩"，眼界不够阔远。只依稀记得卧佛身前环绕着一圈金黄灿灿的菊花。古代的济南人过重阳节，喜欢喝菊花酒，吃炸菊花。如今这两个风俗已经绝迹了。

趵突泉公园里每年的重阳节前后也都有菊花展。去年有友来济，趁着夜色陪她去赏菊，一个个姹紫嫣红，朦胧的灯光下更显妩媚妖娆。只可惜我一个也不认识。

王村也有菊花。王村有八月菊，九月菊，臭金菊。九月菊和臭金菊我还记得它们的样子，八月菊长什么样，却是完全忘记了。

小时候读诗，王维的《九月九日忆山东兄弟》，以为他忆的是山东兄弟，后来知道他的家不是在山东，而是在山西。山西茱萸的样貌似乎在王村也能找到，我们叫它"小秦椒"，秋天里它成熟的果实红得透明，在阳光下有着夺目的美丽。父亲把它当作枸杞来用，每年都吩咐我们摘一些回家给他泡酒喝。

重阳节要吃重阳糕，这是江南的风俗。从前的王村，每年的重阳节，母亲都要摊煎饼。摊煎饼过重阳，这是王村的风俗。

山东人也吃煎饼，煎饼卷大葱，是当年我在沂蒙山区所见的当地一大食俗特色。山东人摊煎饼用的是专门工具——鏊。鏊的造型正和锅反着来，锅的锅底是"凹"下去，鏊的锅底是微微"凸"上来。鏊的面积大约和大地锅锅口相当。

观看过当地人现场摊煎饼，舀一勺稀面汁倒到鏊上去，再用一种特殊的专业木制刷子，唰唰唰唰，一张大煎饼成型。山东的煎饼大约分几种：白面煎饼、玉米面煎饼、小米面煎饼、黄豆面煎饼。我当年在临沂吃的是白面煎饼，刚做出来的白面煎饼柔软而筋道，第一次吃煎饼的外地人互相交流吃煎饼经验，都暗暗表示"咬不动"，一张煎饼吃下来，咀嚼肌几乎能累伤。可是沂蒙山区人民喜爱它，甚至是老得掉光了牙齿的老人家，每每吃饭的时候，他们也非煎饼不吃，心甘情愿地用光秃秃的牙龈慢慢地一点一点地消磨着煎饼。

和沂蒙山区的老人家比起来，我奶奶是有福气的。她戴着假牙，一口一口地咬着我母亲摊的煎饼，一点也不费力气。母亲摊煎饼用的是大地锅，面汁是用白面和绿豆面按大约三比一的比例调和而成，绿豆是当年的新豆子磨出来的，有一股新鲜的豆腥气。王村的煎饼是咸香的，因为面汁里加了葱花、盐和花椒粉调味，摊煎饼的时候也要放点底油。

往年重阳节，我们家都要吃摊煎饼。一张一张出锅的煎饼摞在高粱秆纳制的"锅排"上，散放出一阵阵诱人的香气。下了晌的父亲胡乱洗把手，就卷起来一张，蘸一蘸醋蒜汁大口猛吃起来——父亲是最爱吃摊煎饼的。

小孩子嘴馋如我者，常常要趁人不注意，偷偷沿着锅排走一圈，撕掉煎饼的花边。花边薄脆焦香，是整个煎饼的精华部分。

等母亲发现要骂的时候，我已经撒腿跑远了。

/ 豫北的年

豫北过年不叫过年，叫"年歇"。每年的年歇过程很长久，从进了腊月开始酝酿，一直到出了正月才算结束。

腊八粥腊八蒜

腊八祭灶，年歇来到。这是老话儿。王村人过年叫年歇。这个歇字用得极妙，有大彻大悟不管不顾的意思。

每年的腊八节，母亲都做腊八粥。母亲做的腊八粥，食材是简易的，大米，小米，绿豆，江豆，红薯。白糖做辅料。

父亲早早起床，洒扫庭院。用他那双还没有因酒精麻醉和岁月磨蚀变得更加苍老的眼睛往上望一望冬日干净的天空，再收回目光望一望萧瑟的院墙外。院墙是黄土麦秸砌成的，半人多高。靠着院墙码放着一排秋天里收回来的玉米秆，干枯的叶子被北风一吹，"哗啦哗啦"地响。

父亲望了一会儿要收回目光和扫帚回屋的时候，我们上完早课扑腾扑腾地回来了。我们走在被冻得生硬的黄土路上，使劲跺着脚。天气实在是太冷了，穿上厚厚的布棉鞋也挡不住的冷。腊八节是不放假的，虽然这一天异常寒冷。而且，还要吃腊八粥。

母亲说，去给枣树们喂一点粥吃吧。

父亲带着我们蹿出温暖的堂屋，来到清冷的院子里，每个人手里都捧着一碗冒着热气的腊八粥。据说把腊八粥抹到果树上，来年它们就会很卖力地生长，开花，结果。我们家院子里有枣树。两棵枣树。它们现在还是光秃秃的。我们用筷子挑出一些腊八粥抹到它们粗糙的树皮上，有的粘在树皮上，有的掉到地上。后来被出来觅食的老母鸡吃掉了。

不知道吃了腊八粥的老母鸡来年会不会很卖力地下很多蛋。

长大后自立门户，每年腊八节都要做腊八粥吃。仿佛吃一碗热气腾腾的腊八粥，好日子就近在咫尺了。

有一年腊八节，特意买了一只新的造型别致的砂锅回来熬粥，结果在熬制的中途，下了一碗冷的食材进去，只听得

"嘭"的一声巨响——新砂锅瞬间炸裂，粥汤流了一地。

面对着一片狼藉，想，若是我家的老母鸡在就好了。

腊八蒜在王村算不上流行事物。母亲不好此道，父亲也懒得制作，所以偶尔吃上一次也是非常稀奇的，就像去别人家拜年，竟然能被赏赐一两枚核桃或者一两颗酒枣，都是极其稀奇，令人记忆一辈子的美好之事。

及至长大，自己尝试腌制，便年年腊月初八日备了些许大蒜和陈醋，洗净了两三只空的罐头瓶子。装蒜，放醋，封口，然后放在一处显眼之地，每日里去膜拜一番，像进行一件极其庄严的圣事。看着它们一点一点在红亮的醋汁里渐变了颜色，像是一日一日累积着对年的喜悦和憧憬。

到了大年三十，煮好了饺子，起身去看那几只瓶子，满瓶都是翠绿色了。用筷子夹几瓣出来放在白色的小碟子里，更好看了。翠绿色里泛着微微的蓝，晶莹剔透，一个个的，仿若可把玩的小翡翠玩意儿。所以，腊八蒜也有个别称，被唤作绿蒜。大蒜在醋水里经过了漫长的浸泡，等它们变成绿蒜的时候，已经减弱了许多辣味，却新增了醋的酸味。所以绿蒜吃在嘴里，是有一点点辣，有一点点酸，却仍是当初脆生生的口感。

王村过年吃的饺子馅最经典的是萝卜肉馅，青皮白萝卜，配上肥瘦相间的五花肉，剁上大头葱，生姜末，淋上花生油，小磨香油，用老抽酱油上色，撒上用擀面杖碾碎的干锅焙的花椒八角面。这样的饺子馅离着几米远就闻得着香味。包饺子的面粉是进了腊月，母亲老早就拉去王村的小磨坊磨好了的，特意叮嘱磨坊主多脱一层皮，面粉比往常白细了许多，包出来的饺子白嫩，筋道，又不失麦香。

母亲包的饺子肚子鼓鼓的，边沿薄薄的，像月牙，又像小船。这样好看的饺子热腾腾盛在盘子里，如果旁边再配上一碟又好看又好吃的腊八蒜，该是怎样一幅让人馋涎欲滴的美味图。

祭灶官祭灶糖

腊月二十三，王村人不叫"过小年"，叫"祭灶"。

一过了腊八，王村的大街小巷里突然就出现几个骑着老式洋车的老男人。"几个"的数量不等，有时候一个，有时候两个，出现三个的时候很少。

他们不会同时出现，一般会像接力赛一样，一个走了，又一个来了，又一个走了，又一个来了。他们的长相都很模糊，被岁月风干的黝黑脸庞，一身粗布的颜色灰暗的衣服，有时候会戴一顶破旧的火车头帽子，有时候什么也不戴，就这么在寒风中晾着头。

我不认识他们。可是王村的其他人都认识他们。他们一进村，就开始吆喝起来："请灶爷喽！请灶爷喽！"

"呼啦"一下，从那些有院墙的没院墙的家里，跑出许多要请灶爷的人来。

——多少钱请一张？

——五毛。

——太贵啦，便宜点吧。

——一张老灶爷才五毛钱，还嫌贵呀？

……

搞来搞去的，其实也没有什么搞头。最终还是每家花五毛钱请了一张老灶爷像回去。也有的不愿意现在就请，想货比三家，觉得那个没来的会比这个更好更便宜些。或者去年此时就是请那一个人的，于是就空着手回家去，继续支着耳朵听更晚一些的时候另一个吆喝声在王村的街巷里响起来。

我家里请老灶爷是父亲愿意尽心去做的事情，就像我家里每年腊月二十三祭灶也是父亲愿意尽心去做的事情。我母亲是一个朴素的无神论者，不喜欢烧香，不喜欢拜庙，不相信世界上有鬼神。

老灶爷是用一张薄薄的白纸画的，纸的质量很差，颜料把纸浸得皱皱巴巴的，从背面也可以看出来画像的痕迹。画像大同小异，正中间画的都是老灶爷和老灶奶。这是最简单的，更复杂的要在主像的上方和下方画上其他神仙的像来衬托这幅灶爷画的神秘与威严。画的颜色都是用红的、黄的、绿的各种鲜艳的颜料涂绘。

这幅灶爷画就像一幅缩小的中堂，横批、上联、下联齐全。最没有变化的也是这副对联，年复一年，老一套的说辞。

对联的用纸很严格，用的都是绿纸，为什么要用绿纸呢？我一直都没来得及问父亲。上联：上天言好事；下联：下界保平安。横批：一家之主。或者还有一种写法也很流行及正统。上联：二十三日去；下联：初一五更来。横批：一家之主。总而言之，老灶爷是铁定的任谁也不能撼动的一家之主。

腊月二十三，有灶爷像的人家要记得把旧的灶爷像揭了去，送他老人家"上天言好事"去，等到腊月二十八当天，再把新的灶爷像贴上去，请他继续从天庭回来保佑一家人一年的平安和顺。这一系列的祭灶工作每年都是父亲主力完成的，打下手的是母亲和我们。

上第一炷香给老灶爷，敬奉过年时的第一碗饺子给老灶爷，这都是父亲的工作。上香的时候是要下跪磕头的，父亲让母亲去做，母亲不肯。母亲是很厌烦这种仪式的。父亲只好自己去履行职责。父亲只上香磕头，偶尔也会做做祷告，只是不像那些信念坚执的老妇人，一跪下来就半天再也不肯爬起来，家长里短前世今生，和老灶爷唠叨个没完没了，也不怕他老人家听得腻烦。

母亲对天地尊神的敬奉之情只体现在大年初五晚上那一顿饺子上，母亲叫"祭天苍儿"。我根本不懂，只是眼睁睁看着母亲在傍晚时分端出出锅的第一碗饺子，走到院子里向空里敬一敬，念叨几句悄悄话。后来偶尔母亲没空，会吩咐我替她做这件事。我不会念叨，只端了饺子碗往暮色苍茫的天空里举一举，心情忐忑地赶紧跑回堂屋里去了。

我对祭灶的态度和母亲不一样，我喜欢看那一张花花绿绿的灶爷画，也喜欢去别人家研究和我家不一样的灶爷画。喜欢看父亲烧香磕头的样子，一闻到那浓烈的劣质土香味，就知道年真的要来了。

而且，到了晚上，祭灶糖就可以吃到了。我后来才知道它的官名叫"麦芽糖"。祭灶糖黏牙，甚至会粘住上颚，逼得你不得不伸出手指去剔除它。可是它是那么甜，香，是我至今吃不厌的记忆中的甜食。

祭灶糖也是买来供奉老灶爷的，要不然它为什么这么黏牙呢，其实是为了粘住灶王爷的嘴巴，让他上了天庭之后不好说主家的坏话。可是我比灶王爷更盼望吃到这一年一次的祭灶糖。

我一拿到祭灶糖就立马跑出去，跑到大街上去，和小伙伴唱歌去了。傍晚时分的街巷里，家家户户都洒水清扫路面，黄土路上散发着一种好闻的清冷的冻土的气息，它象征着年的脚步正马不停蹄地向我们飞奔而来。我们一边撒欢，一边唱歌，唱的是——

　　二十三祭灶官，

　　二十四扫房子，

　　二十五拐豆腐，

　　二十六蒸馒头，

　　二十七杀公鸡，

　　二十八贴花花（画画），

　　二十九门上瞅，

　　三十儿褪皮儿（清洁身体），

　　初一撅墩儿（磕头拜年），

　　初二串亲戚儿……

春联与骨头

腊月二十八要贴春联。春联一贴过年的喜气便扑面而来，所以，除了三年内遇着白事的人家，家家户户都很在意这一项节目。

吃过了早饭，母亲紧催着父亲去打糨糊。糨糊是用白面制成的，锅里放少许冷水，放少许面粉，在灶火上烧着，不停地搅拌，等面粉熟透了，就成了糨糊。

父亲打糨糊的时候，我们几个要赶紧去清除掉去年门楣门框门板上的春联和年画，清除干净了好张贴新的上去。所谓"辞旧迎新"是也。

腊月二十五榆林有大集，春联和年画是在集市上买的。朴素点的有墨笔写的，奢华点的可以选购金粉写的。不过这都是后来了。从前我们家的春联都是买了红纸自己写。王村的人家，几乎也都是买了红纸回来自己写，自己不会写的便拿了红纸去请别人家会写的人写。

所以，腊月二十八那天写春联也是个特别的项目。有时候一大伙人聚集到一处写春联看春联也是一种过年前的气氛——也是寻常庄户人家能与文化有所沾染的极少机遇，所以每个人都很快乐。农户人家，虽然也能写字，肚子里却没有装多少诗词歌赋，只熟记着"爆竹声中一岁除"，也总不能只写这一句吧，所以便去借来一本类似"春联大全"之类的工具书。年年翻来覆去地抄上几对算应付了差事。

我家里以前是父亲主笔写春联，有时候还给别人写。后来哥哥长大了，便由哥哥代笔。哥哥的字自然不如父亲的，但也勉强可看。再后来我长大了，哥哥偷懒，写春联的工作就交由我来主持。我是菜鸟，也没有正经练过书法，横平竖直都把握不好，可是他们却说很好很好，我只能硬着头皮写下去。写好的春联贴到正门上，院墙外，水缸上，灶头上，椿树上……自己歪着头看看，也不觉得丢人。

啃骨头却是大年三十的节目了。每年的大年三十上午煮肉，下午盘饺子馅，也是每年铁定的项目。——再穷的人家过年都要吃肉的。

煮肉是父亲的工作。给煮熟的骨头剔肉也是父亲的工作。我们也有工作——我们的工作是啃骨头。

对我们来说，啃骨头是过年之前最要紧的事。我们像嗅觉灵敏的几只小狼，老早就蹲守在肉锅附近，及至父亲把煮熟的肉骨头从锅里转移到盆里，我们立刻围了上去。

此时的父亲是笑呵呵的，说着"别急！别急！都有！都有！"。

此时的母亲也是笑呵呵的，看着我们狼吞虎咽吃着父亲剔下来的碎肉。

从骨头上剔下来的肉叫作"剔骨肉"，是过年待客时的一道必备菜。所以我们并不能够吃光所有的剔骨肉，父亲也只是让我们解下馋，就把我们赶走了。

除了骨头，大锅里还煮着大肉方。大肉方是肥瘦相间的，肥肉多，瘦肉少。用来炒大锅菜、蒸腐乳肉、炼制大油。肉方上的瘦肉可以切成薄片做凉拌菜。

母亲做的凉拌肉片是我小时候最爱吃的一道过年菜。

年歇与扁食

王村人说的"年歇"是单指大年初一以后到正月十五十六那段时间。大年初一叫"大年歇"，正月十五十六叫"小年歇"，神圣得不可混淆。

所谓"年歇"的含义，大约是一年当中只有这一段时间是可以大歇特歇的好时光吧。大年初一之前是忙着准备过年事宜，正月十六之后打工的要再次离开家奔赴异乡，务农的要开始进行春天田地里的事务。唯有这正月里的前半个月光阴是可以肆无忌惮地欢乐与挥霍的。喝酒、打牌、喷闲空是王村人民过年歇的三大娱乐活动。

王村人过年歇是从大年三十晚上开始的，下午"捏扁食"。把饺子叫作扁食，是王村从前的传统，后来城市之风尚波及乡村，"饺子"开始流行，而"扁食"日渐没落。我原来以为"扁食"是方言土话，长大后学了知识才知道它也是"古已有之"。

大年三十下午捏扁食，是要把除夕夜的、大年初一早上的都要捏出来，为了初一以后不再干活。扁食馅更要多盘，足够吃到大年初五晚上那一顿。所以有些年温度偏高，到了大年初五"天苍节"吃，扁食馅就会有点酸味了。母亲仍旧舍不得扔，放点碱面中和一下酸味，照常包了扁食煮了吃。照常先煮了一碗端到院子里"供一供"天老爷——不知道他老人家是否会于苍穹深处皱一皱眉头，嫌弃地说一句："咦——今年的扁食酸了。"

穷人家，除夕夜的团圆饭没别的，只有扁食。暝色入庭院，开火煮扁食。扁食馅自然是最传统最经典的萝卜肉馅，萝卜是青皮大萝卜，从院子里的萝卜窖里刨几个出来，切成片或条，放进沸水中"炸一炸"，过冷水后挤去水分，剁碎了，和剁好的五花肉拌成一大琉璃盆扁食馅，光看着就让人心满意足。

小时候我们坐在堂屋里，等待扁食出锅，看着父亲推扁食下锅，一边推，一边给我们猜谜语：一群白鹅，蹚水过河。

吃扁食要用扁食叉，这是我小时候认为的最经典的搭配，可是我家里只有两个扁食叉，竹制的，两个叉尖，正好叉起一只扁食来。——用扁食叉吃扁食比用筷子吃香，这是我一向认为的。有一年除夕夜吃扁食，我和弟弟争扁食叉，差点打起来。

大年初一早上按惯例也要吃扁食。四五点钟，天色还昏黑，母亲就起床开火准备下扁食了。下好了扁食，开始喊我们起床。

大年初一早上的扁食，除了自己家人吃，还要外送。送奶奶一碗，送大爷家一碗，送小婶家一碗，甚至还要送关系更远点的本族长辈，来回送。中午一般会吃熬大锅菜，也要送一碗给家族里的长辈。这是旧时过年的礼仪。

拾火鞭与磕大头

大年初一早上，从五点开始，村子里就开始隐约响起鞭炮声，起初是稀疏零星的，后来逐渐密集，声响也越来越大，慢慢逼近院子里来了。实在赖不了床了，只好从被窝里爬起来。这时候正好窗外有脚步声传来，是堂兄堂弟堂姐堂妹过来送扁食拜年了。

母亲开始催促我们赶紧起床洗漱吃扁食，好跟着他们一起去别人家拜年磕头。父亲已经在院子里放火鞭了。一挂火鞭噼里啪啦之后，会有一些半途熄火没爆炸的火鞭头，崩落四散于地，我们便猫腰低头在破晓前的院子里摸索着捡拾火鞭头。

拾火鞭是孩子们过年时的一大乐趣，是可以和拜年的糖果瓜子相提并论的乐趣。大年初一到初三都是不能打扫院子的，民间的说法是怕把一年的财运扫了出去，有些特别讲究的人家甚至拿了一根木棍横放在院子门口，以免财运悄悄流失掉。所以家家院子里放过鞭炮的碎屑都堆积着，我们是专门向着这些碎屑跑去的，在这些红色的碎屑里翻翻捡捡，找那些没有落了捻的没有被点着的火鞭头。一天下来，也能收获大半口袋，然后找个背风之地，和小伙伴们一起玩"滋火"。"滋火"的玩法如下：把火鞭掰成两截，然后围成一个圆圈，点燃一根火柴扔进圆圈里，"吱啦"一声，火光四射，是我们自创的一个小型烟花盛会。

偶有幸运，还能拾到几枚留有残捻的火鞭，点燃之后，一声急促的轻响，也能让小小的心坎乐开了花。

每年大年初一的拜年活动都让我心有所惧。社交性的寒暄和客套是我不擅长的，而且还要跪下来磕头。

我小的时候，王村的拜年仪式感是很强的，无论到了哪里，给长辈们拜年都要行大礼，跪下来踏踏实实地磕一个响头——不磕是不行的，你一踏进门里，席子是已经铺好在地上的。长辈端坐在八仙桌旁边的太师椅上，笑眯眯地就等着受礼呢。八仙桌上摆放的糖果瓜子，只有磕了头的孩子才有份儿。

好在每次拜年都是集体行动，我只管跟着那些堂兄堂姐堂弟堂妹屁股后头行事就可以了。他们进哪家，我就进哪家，他们进门，我就进门，他们叫人，我躲在人后，他们磕头，我就闷头跟着磕——也可以分到一样分量的糖果瓜子。

可是有一年我落了单，他们都去给奶奶拜年磕头了，我不知什么原因没有跟去。自己的亲奶奶是必须要去磕头的，况且奶奶每年都要给压岁钱。我央求堂妹陪我去一趟完成今年的拜年仪式，堂妹很爽快，可是她已经磕过头了，不用再磕，所以只是我一个人去给奶奶磕头。我们去了，奶奶在小叔家堂屋里坐着，可是我不敢，傻呆呆地站在门口，试了几试也不敢，只好跑掉了。

等到下午的时候，我心有不甘，想再去试试。拖了堂妹过去，奶奶一看见我就生气了，说磕啥磕，晚了！

那一年我既没有给奶奶拜年，也没有得到压岁钱。

幸而还有大年初三。大年初三姑姑们都来走娘家，我不用给她们说过年的客套话，也不用趴下来给她们拜年磕头，她们就会主动从口袋里掏出压岁钱来给我。——多好的姑姑啊！

我有五个姑姑，大姑姑最疼我。其他姑姑都给我一毛两毛的压岁钱，唯有她，给我五毛。崭新的五毛钱的纸币，我看着心生喜悦。虽然每年的压岁钱我都上交母亲了，但是能得到压岁钱仍是让我开心。

最疼我的大姑姑从我认识她开始，她就已经很老了。老得驼了背，弯了腰，她的腰一年比一年弯，到最后，甚至弯得超过了九十度。她走路的时候，只能看着地面，和人说话的时候，要费力地向上抬起她雪白的头来。母亲说，大姑姑是被生活的重担压弯的。

大姑姑去世的时候，奶奶还活着。大姑姑好久不来看她，她也不问。母亲说，你奶奶肯定是知道的。可是奶奶就是不问。后来最孝顺奶奶的四姑父也去世了，四姑父也好久不来看她，奶奶仍是不问。

我想，人活到老了，可能就懂得了一些人生哲学。

昆虫记

我小的时候，有许多别样的玩伴。沙土窝里的土行孙，油菜花上的黑斑蟑，大杨树上的马叽鸟，臭椿树上的春姑娘。我小的时候，做过许多有趣的事情。在地窖里养土鳖，在田野里捉虹虹，看蚂蚁上树，听蛐蛐唱歌……

/ 土行孙

土行孙是我给它起的名字。

孩提时代，闲极无聊，常常游走于邻近的沙土岗上，乐不思归。春日午后，阳光正炽，细碎的黄沙被晒得热乎乎的，脱了鞋袜，光脚丫钻进沙土里，感觉很是熨帖。

黄沙里有一种白色颗粒，在阳光下反射出耀眼的光芒。这光芒也刺得人昏昏欲睡。正迷糊间，突然光芒一哆嗦，一个细小的旋涡出现了。这时候，一定要以迅雷不及掩耳之势伸手扣住，扣住以后立马翻转手掌，否则就被它逃逸了。

这时候才可以慢慢展开来仔细观察。手窝里会有一些沙土，细细的软软的，带着阳光的温度。那小家伙就藏匿其中。轻轻地拨开沙土，就看见它了。正撅着它那浑圆壮硕的小屁股往沙土深处钻呢。它的钻是采取的倒退方式，这也就是方言里叫作"啰啰吞吞"的含义。这大约就可以理解它的身材为什么前小后大极不成比例了。经常用屁股做钻土的工具，当然是超常发育了。

它只有黄豆般大小，通体呈土黄色，如果你不刻意去发现，完全会把它当作一粒小土坷垃。它应该是以吃沙土为生的，而且是正宗的"土行孙"，土遁功夫相当了得，简直到了出神入化的地步。倘若一不留神让它从指缝间溜掉了，一霎时便钻进沙土里找不见了。

它大约是昆虫界里最寂寂无闻的一种。无从得知它的学名。生卒年不详。它的生死轮回都在这乡间的黄沙里悄悄地演绎着，绵延不息。

/ 斑蝥

到了三四月间，油菜花大肆盛开，每天的日落时分，都会出现一种奇异的景象。金黄色的油菜花朵上风起云涌般落满了黑色的斑点。这些斑点黑漆漆的，圆鼓鼓的。一般情况下它们都静止不动，停驻在花瓣上，随着晚风惬意地晃荡。若受了惊扰，它们立时展开小小的翅膀逃难而去。只是这逃难的路程甚是短暂，从此株油菜到彼株油菜的安全系数几乎是相等的。

此种景象同时会出现在近处的黄沙岗上，在那些被伐了的杨树桩周围，往往会在春天生发出一簇簇新嫩的杨枝来，灌木丛般茏葱。在这些新嫩的油光光的杨树叶了上，也风起云涌般落满了黑色的斑点。

无论是油菜花上的斑点，还是嫩杨叶上的斑点，终究逃不脱的是各自的宿命。声势浩大的捕猎者会在村办小学的放学铃声敲响之后的十几分钟之内，迫不及待地蜂拥而至。每个人手里都拿着一只空罐头瓶，这是那些浑然不知噩运将至的斑点们的牢笼。

战争在日落西山时打响，持续至黄昏后结束。罐头瓶里已然装满了黑压压惊慌失措的囚犯们，可是有些捕猎上瘾者依然意犹未尽，天已擦黑，却还要凑上眼去再逮几个漏网者出来。终被同伙死拉硬拽着恋恋不舍地离去。

不幸而成为囚犯的黑斑点们，最终的下场都是一致的，不是喂了这家的鸡们，就是进了那家鸡们的肚子。而那些侥幸逃脱的黑斑点们也不必躲在油菜花蕊里暗自庆幸，它们的生命也只是在苟延残喘罢了。当黑夜过去，太阳下山，当又一场捕猎活动来临时，它们都将步那些先烈们的后尘。

弱者的命运大抵如此。无论是庞大的人类社会，还是微妙的自然界，概莫能外。

这些黑斑点，方言里叫作"斑蟑"。努力生长，只为了一饱鸡腹，这种无私奉献精神亦是难能可贵的。

/ 马叽鸟是蝉的小名

学名叫作"蝉"的这种小昆虫，在乡间有另一种代代相传的称呼——马叽鸟。

在每年农历的六月初，真正的夏季歌唱家马叽鸟登场之前，会有一个扮演前奏的不明昆虫出场。它体形娇小，翅膀泛着深绿色的光泽。它隐藏在刚刚羽翼丰满的树杈深处，发出兴奋的尖厉的叫声，搅扰着刚刚进入初夏午睡光阴的农人。

它当然应该兴奋，因为它才是夏之声的开始，并不是外界一致公认的马叽鸟。

我们叫它"膕膕儿"。膕膕儿的叫声尖细，稚嫩，略略有些膕腆，没有马叽鸟的叫声那么大气，那么理直气壮。大约因为它终究不是这场盛大音乐会的真正主角吧。

小时候我们听到腷腷儿的叫声，便兴奋地嚷嚷道："马叽鸟叫啦！马叽鸟叫啦！"母亲却纠正道，不是马叽鸟，是腷腷儿。

我们侧耳细听，还真不是。刚刚兴奋起来的心又失落了，小嘴儿嘟嚷着："马叽鸟咋还不叫呢？"

我们是如此急切地盼望着它的出现，连走路的时候都心不在焉，一会儿抬头看看树，一会儿低头看看地。

马叽鸟在乡下的一生是分为两个部分的。它刚出生到脱壳之前，我们不叫它马叽鸟，叫"罗锅"。这名字来源于它始终弓着的背。有时候在地里刨土，会发现一些马叽鸟的幼虫，一窝有三四只，或七八只，最小的有小手指肚大小，是那种透明的象牙白，像一件精美的工艺品。

能见到它的这种"工艺品"状态还是稀少的。当它在深而黑暗的地底下长成一只大"罗锅"，再从幽深而漫长的地道里钻出来时，它身体的颜色已经变成了黄褐色。

树枝间第一声马叽鸟开始鸣唱时，我们已经等得不耐烦了。可是还得继续等待。等到蝉鸣声已经大面积泛滥了，那才是我们可以大展身手的时候。

傍晚时分，我们的目光主要专注于地面。平整的黄土地面，突然出现了一个圆形的小凸起，像是一棵小蘑菇即将出土的迹象，用手揭掉土盖子，就会赫然出现一只黄褐色的"罗锅"正要爬出洞口。这时候一定要眼疾手快，否则下手迟了，慢吞吞的"罗锅"也有机敏的表现，它会迅速地退回到洞的深处去，让你抓不到它。而且，它还会和你斗法，你进它退，你退它进，有时候会为了抓一只这样的"罗锅"折腾好长时间。洞口很窄，手指根本伸不进去，它越往里退，你越是抓不到它，只好另想办法。拿一只细树枝来当诱饵伸进洞里去，如果这只"罗锅"头脑比较单纯的话，它会抓住它所喜爱的树枝被你吊上来。否则你只能想更有技术含量的办法，找一只铁锹来，像掘井一样把它从深处掘上来——这样就太大动干戈了。

干什么都得趁早，逮"罗锅"也不例外。如果你来晚了，就只能看着地面上一个个幽深的小空洞而怅然叹息。不过也不算太晚，这时候就要跟踪追击了。刚出洞的"罗锅"爬不了太远，就在洞穴附近的树上搜，保证能搜到几只正在树干上弯腰拱背努力奋进的。

把逮到的"罗锅"放进罐头瓶里拿回家去，用一只粗碗倒扣在桌子上。还没来得及欣赏一下战果，只听见外面人杨树上的马叽鸟惊慌失措地吱哇乱叫，就知道哥哥他们在燎马叽鸟了，赶紧撒丫子跑了去。

燎马叽鸟是夜间的活动。这时候的马叽鸟唱了一天也累了，疏于防范，都停在树杈上打盹歇息。哥哥和他的伙伴们年龄大，志向也大，不满足于像我们这些小屁孩只拿着罐头瓶四处逮"罗锅"，他们找来一些干树枝，堆在相准的一棵大树下，点燃柴火，然后猛力踹树干。正在树上打盹的那些马叽鸟们猝不及防，纷纷从树上坠落，掉进早已等候的火堆里。还有那些应变能力比较强的，在短暂的恐慌之后及时认清形势，奋力挣脱火堆的引诱，振翅向远处逃命去了。

那些被迫扑火的"殉道者"，成了我们嘴里的美味。烤熟的马叽鸟真是味道绝美的（那时候我们并不知道"罗锅"能吃），掐头去尾，只有中间那一小截能吃，还没有半个指头肚大，勉强塞个牙缝解解馋。唯此，才显得更加味美吧。

饱嗝是打不了的，只能勉强剔着牙缝回家睡觉去。

睡觉之前视察一下自己逮到的战利品，发现有些表现积极的"罗锅"已经开始"脱裤"（蜕壳）了。高高拱起的背部已经裂开一条缝，从里面露出嫩嫩的淡绿色背脊出来。等不及它们表演整套的节目，沉沉睡去。

到次日早上，看到所有的"罗锅"一夜之间全都变作了马叽鸟，只不过它们的颜色深浅不一，有的还是透明的嫩绿色，有的已经变作成年马叽鸟的黑色了。打开碗口，它们扑棱一下展着翅膀飞走了。

并不是所有被活捉的"罗锅"都能获得新生，会有一些惨死在大公鸡的铁嘴下。

等我长大了，上了学，才从书里知道，一只小"罗锅"要长成一只马叽鸟，需要在黑暗的地底下等待漫长的四年时间，甚至更久。

每个生命都是不容易的。

/ 春姑娘住在哪里

它的体形像飞蛾，但比飞蛾大。色彩如蝴蝶。身体是明艳的红色，上面不规则地点缀着醒目的黑色圆斑。翅膀却是另外一种颜色，不太好描述的色彩，底色是一种偏暖色的灰，上面也点缀着黑色圆斑。透过翅膀，依稀可见它艳丽的体色。

它静静地趴在树上，像一朵朵雅致的小花；当它展翅飞起时，那就疑似一只只美丽的蝴蝶了。只是它的翅膀是僵硬的，不能像蝴蝶那般舞姿翩跹。

它是生活在椿树上的一种昆虫，乡间有两种叫法，比较通俗的叫作"椿蹦蹦"，概因它除了在空中飞，其他的活动方式就是蹦。看着它往前一蹦一蹦的样子，煞是有趣。它还有一种比较文雅的称谓：椿姑娘，可能是因为它长得漂亮的缘故。我比较喜欢这个名字，椿姑娘，如果谐一下音，就成了"春姑娘"。多么美好而意蕴深远的名字。

不过它的名字跟时令有点阴错阳差的感觉。它出生在初夏或者仲夏时节，有人说金秋时节也能见到它的身影，想来和马叽鸟的生命历程是相仿的，只不过它是数量稀少的择木而栖者，在昆虫界，又属于沉默的大多数，不惹人关注罢了。

关注它们的只有我们这些孩子。在乡间，许多活的物体，对于小孩来说都是玩具。昆虫类尤其如此，它们不危险，性格温顺，向来逆来顺受，玩起来得心应手。春姑娘在我们眼里也是这样的玩物。

在我们家院子里长着一棵大椿树，春姑娘最繁盛的时候会爬满整个椿树，一受了惊吓，飞起来一大片，很有点遮天蔽日的感觉。它们似乎不是所谓的害虫，因为椿树的叶子并没有因此而被吃得残缺不全，依然枝叶繁茂。不知道它们是靠什么为生。

闲来无事，我们会逮一些春姑娘来玩。那时候喜欢叫它"春蹦蹦"，这名字生动活泼，很符合小孩的心理。我们只逮那些趴在树干上的，够得着的。悄悄走过去，一只手掌扣起来，猛地往下一扣，逮住啦；或者被它惊觉，往前一蹦，没扣住，接二连三地扣，终于成功；或者终于惹得它急，一展翅，飞了。

逮了春蹦蹦来，仔细研究一番，腻了，扔给早在一旁等得心急火燎的大公鸡。大公鸡兴奋地叫着，叼着美食跑一边享受去了。

春姑娘与斑蟑一样，它们在人类世界中最大的存在价值，大约就是一饱鸡腹，用自己的小生命，间接地为人民服务吧。

/ 土鳖不是鳖

有几年，乡下流行刨土鳖。土鳖是学名，跟水族里的鳖也不是同类。王村人管它叫"壳袍"。土鳖的模样很像乌龟，当然是缩小了若干倍之后。黑色的，薄薄软软的外壳，无数的小细足，从黑的壳下面伸展出来。爬行的速度相当快。不过再快也没有人的手快，当你伸手摁住了它那又薄又软的黑壳，它便一霎时停止下来，很温顺的样子，任你摆弄。不过当你一松手，它立即又"趴趴趴"地往前跑了。很好玩。

当然，刨来土鳖不是为了玩，而是为了卖钱。土鳖经水煮晒干，是一味中药，有人专门到乡间收购。一斤干土鳖大约要五块钱吧，或者更多？记不大清了。在那个吃五分钱冰棍的年代，五块钱已然不是个小数目了。

母亲对此无动于衷，父亲却动了发财的念头。而且父亲一旦动了发财的念头，就不想只发小财，想发个大的。

父亲那时候就懂得了规模效益的好处，以少有的热情投入到养土鳖的事业中，并以少有的热情开了个家庭动员会，动员全家人齐心协力齐动手，帮他盖一间土鳖养殖室。我们兄妹四个当然是热情高涨，摩拳霍霍，要配合父亲大干一场。等父亲发了财，或许能大发慈悲赏我们几个买冰棍的钱呢。就连当初持反对意见，说父亲是"瞎折腾"的母亲也禁不住父亲豪情万丈的动员，加入进来。或许是母亲想起了她可以有宽裕的钱来买油盐酱醋吧。

我们动用了家里所有的碎砖头烂瓦片，用了一周时间，盖起了一间土鳖养殖室。土鳖养殖室盖在我家老厨房的后面，右侧是我家的后院（厕所），左侧是我家那棵老酸枣树，后面紧靠着我家的土院墙，免了一道墙的物力人力。

养殖室的地面深挖了一下，比外面的地面低出好些，上面铺上了一层塑料布，内墙四周也铺了一层塑料布，为了防止那些擅长搞地下活动的土鳖们逃逸。

盖好了养殖室，父亲就号召我们兄妹几个紧密团结在他的周围，积极主动地去四处求索土鳖。于是，我们每天放学之后，便每人掮着个空罐头瓶，趁着去割草的机会，顺便去沙岗上寻找些土鳖出来。

　　原先的时候，我们只在王村的沙岗上刨土鳖。因为刨土鳖的行业方兴未艾，加入的人还不是很多，土鳖很容易就能刨出来。只要找那些根部有腐土的野酸枣丛、野荆棘丛，还有那些年深日久的老树周围，用手扒去陈年的枯叶腐土，就会有或大或小的土鳖们因为被骚扰而急急地奔将出来。这时候就可以用手一一擒了，放到身边的空罐头瓶里。

　　除了那些或大或小的土鳖，有时候还会刨到刚刚出生的土鳖宝宝，黄豆那般大，全身透明的白，煞是可爱。有时候还会刨到还没变成土鳖宝宝的土鳖的"子"，黑色的，椭圆形，扁扁的。很像槐树的种子。刨到了土鳖宝宝和土鳖"子"，我们也是要装进罐头瓶带回家的。土鳖宝宝可以放到养殖室里慢慢长大，土鳖"子"可以放到养殖室里慢慢发"芽"。

　　刨土鳖虽然成本很低，只需要一只空罐头瓶、一双手、一只小铲子，可是有时候也会有危险。比较轻的危险就是常常在那些野酸枣树丛里面工作，两只手就会不可避免地被那些尖利的刺扎破，新的伤疤覆盖旧的伤疤，手上常常布满了颜色陈旧和鲜艳的血印。

　　比较重的危险就是常常会在那些人迹罕至的树丛间出其

不意地与形形色色的蛇们邂逅。这种遭遇在我身上是发生过的。那次我正在专心致志地刨土鳖，一条长着黑白花纹的细长的小蛇哧溜一下钻了出来，吓得我哇哇大叫，狂跳不止。父亲安慰我说，别怕，那蛇没有毒的。我才渐渐恢复平静。

我对蛇是极恐惧的。因为在我很小的时候，大爷在他的家里逮住了一条几尺长的黑花纹大蟒蛇，许多人都去看热闹。我也去了。就在他捉住蛇头猛劲甩的时候，一不小心甩脱了手，那条蛇"嗖嗖"地向我飞来，"啪"的一下砸到了我怀里，吓得我哇哇大哭，做了好几夜有关蛇的噩梦。自此落下个怕蛇的毛病，一看见蛇就浑身起鸡皮疙瘩。

危险我们是不怕的，可是土鳖是越来越难刨到了。因为越来越多的人加入了刨土鳖的行列。几乎所有的村子都有人在源源不断地加入，所有的沙岗上都有人在络绎不绝地活动。不但王村，连外村——枣园夹堤东娄庄沙岗上的土鳖也是越来越少了。沙岗上到处都是被刨的痕迹。我们只能越跑越远。每到周末，我们便每人掂着个空罐头瓶跟着父亲跑到更远的外村的沙岗上去刨土鳖，甚至连坟地也不放过。

刨来的土鳖都被圈养在父亲的养殖室里。土鳖当然是要吃东西的，否则它们便会饿死，当然更不会按照我们的意愿繁衍生息了。这就给了我们新的任务，不但要刨土鳖，还要为养殖室的土鳖们采集饲料。

饲料也很容易采集，它们喜欢吃树叶子。臭椿树的，杨树的，槐树的，似乎都喜欢吃，尤其喜欢吃臭椿树叶子。于是我们便每天采摘了各类树叶喂它们。有时候进到养殖室里，听到满耳朵的土鳖吃树叶的嗦嗦声，像蚕吃桑叶一样。很好听。

土鳖们果然不负众望，繁衍很快，不断有众多的透明的白色的小土鳖出世，然后慢慢长大，变成黑色。可是，也有长得太大的土鳖们慢慢地蜕去旧皮，长出细长的翅膀。长出翅膀的土鳖被我们称作"老飞儿"。一旦土鳖变成"老飞儿"，就失去了药效，不能卖钱了。

我们都催促着父亲赶紧把那些长大的土鳖卖掉，可是父亲一直拖延着不肯卖，他总说，再等等，再等等，等价钱高一些再卖。一直等到我们再也刨不出土鳖了，而那些收购土鳖的人再也不出现了，我们的土鳖仍旧是没卖出去。

母亲开始埋怨父亲决策的失误，又说他是"瞎折腾"。父亲一气之下，索性撒手不管了。没有人收购的土鳖，根本就是废物一堆，一点用也没有了。我们也灰心丧气。

没有人照料的养殖室的土鳖们，那些长老了的，都生了翅膀，变成"老飞儿"飞走了。那些年幼的，没有供给慢慢就饿死了。那些年轻的，都不知什么时候逐渐借着"土遁术"逃逸了。

有一天，我们去养殖室察看，厚厚的腐土里面，只有一些土鳖吃剩的干枯的枝杈，还有许多土鳖蜕去的旧皮，旧皮里面夹杂着一些被饿死的小土鳖的尸体。

一个活的土鳖也不见了。

/ 屎壳郎滚蛋记

小时候看过一部黄梅戏电影，名字记不得了，里面有个穷书生错配给了一个憨傻的富家千金。有一次书生在写字，千金在旁边欣赏，哈哈大笑："你写的这是屎壳郎爬！"

我们坐在电影下面也哈哈大笑。

我们笑的是"屎壳郎爬"——这是我们经常见到的乡间景色，也是我们上学时同学之间经常互相取笑的用词。

关于屎壳郎，还有另外一个典故。我上了小学之后，从学长那里学到了一个新的歇后语：屎壳郎滚粪球——滚蛋二四去！至于"滚蛋"后面非要加一个"二四去"，估计是小孩子家为了加强语气自创的乡俚助词。

这种学名叫作"粪金龟"的黑色甲壳昆虫，它们普遍出现在卫生环境恶劣的年代，也是我小时候闲极无聊常常逗弄的玩具。有一次午饭后我去大爷家找堂妹玩，刚出门不久，就路遇一只屎壳郎，它正奋力推着一只大粪球缓慢前行。乡下的屎壳郎虽然很多，但是它们不群居，平时也都是单独行动，除非你正好碰上夫妻两个，或者屎壳郎家族正在搞滚粪球赛事。

我遇见的这只屎壳郎，大约是为了孕育在家的娘子出外觅食，它那么强壮而又精神抖擞。我弯下腰观察了它一阵子，又默默陪它走了一段路，不耐烦它的滚行速度，就自顾自跑走了。

有些时候我并不这么善良。和几个伙伴围在一起，圈起来一两只无辜的推着粪球的屎壳郎，拿着树枝挑逗它们取乐。甚至把它们的粪球扔到一边去，看着它们茫然失措又无可奈何的样子。

屎壳郎脾气温和，一般情况下它不理我们，没有了赖以活命的粪球，它只好掉头回去继续去寻找新的粪源，或者犹豫一刻之后径直往前爬走了。十分恼火的时候，它也会采取激烈行动，大翅膀一展，腾空而起，像一架微型战斗机，扇动出强大的气流和嗡嗡声杀出重围去了。

——我们都忘了屎壳郎是会飞的。

有一次，我们一家人坐在暮晚的院子里正吃着饭，突然眼前掠过一团硕大的黑影，一只爱搞恶作剧的屎壳郎就从耳畔扑棱着翅膀飞过去了，它完美地吓了我们人类一跳，骄傲的身姿瞬间消失于苍茫的夜色里。

/ 捉虹虹

蜻蜓，在王村有另外一个称呼：虹虹。更像是一种昵称。

夕阳的余晖里，王村的天空中突然会有成群的虹虹出现。它们都是黄颜色的。虹虹经常会出现在如下场所：

院子里。打麦场。沙岗上。前往菜园的小路上。

打虹虹，是王村的小孩子喜欢玩的一种乡间游戏。我赤着脚，举着大大的竹扫帚，在不同的日子和不同的时间，在这些地方打虹虹。有时候是一个人，有时候会有两三个同谋。

我们挥舞着大扫帚，满腔热情，追逐着那些低飞的虹虹，常常是累得泥汗横流，也不能打到一只。天色已经昏暗下来，空中的虹虹越来越看不清了，只好垂头丧气地回家去。

偶尔也有幸运女神眷顾。某一只低飞的虹虹被某个孩子打到了，于是欢呼雀跃，扫帚轻放在地，翻转过来，看到那只倒霉的俘虏被夹在扫帚缝隙里，无奈地挣扎着。

小孩子大约都是虐待狂，我们把打到的虹虹找一根白棉线拴着肚子，当风筝放，开始玩"放虹虹"。扯一扯棉线，虹虹就使劲扑扇着翅膀飞起来，肚子被绑缚着，又飞不高，摔了下来，趴在地面上苟延残喘。

有的时候实在找不到棉线，就直接掐断了虹虹的翅膀，它就没办法飞起来逃走了。它只能在地面上扑腾着断翅踉踉跄跄，没扑腾多远，就被一只大公鸡以迅雷不及掩耳之势啄跑了。

沙岗上的虹虹一般会在傍晚时分集体出现在天空，同时出现的还有蝙蝠。这个黑色的、长相诡异、生着一对连体软翅膀的家伙，并不招我们的喜欢。我们脑子里灌满了大人讲给我们的有关它的邪恶传说。可是它和虹虹一样，都是专吃空中的蠓虫的。况且，我们也奈何不了它，大大的竹扫帚只能偶尔打到虹虹，是无论如何也打不到蝙蝠的，虽然它一向也是低空飞行。

有一次哥哥不知通过什么手段逮回来一只蝙蝠，我才有机会和它近距离亲密接触。它通体灰黑色，光滑而柔软的毛皮，它的脸——长得真像老鼠！怪不得大人都说是老鼠偷吃了盐才变成了这个怪样子。

沙岗上的蝙蝠依旧在飞，它们和无数的虹虹在一起。夜色四合，我终于放下扫帚，恋恋不舍地拖着它回家了。在我的身后，沙岗变得越来越高远，虹虹已经看不见了，蝙蝠们也变成了一些隐约的倏忽的黑点。

王村的蝙蝠也有另外的昵称，母亲喊它"盐面糊"。

/ 蚂蚁上树

王小哈小的时候是蚂蚁们的天敌。

出去玩，不拘在什么地方，只要看到地面上出现蚂蚁，他就兴奋起来，马上跑过去，伸出自己的小脚，使劲地踩踏，嘴里还不停地叫嚣："我踩！我踩！我踩！"

屡教不改。

幸而他没有出生在古时候的王村。古时候王村的蚂蚁们幸而也没有遇到像王小哈这样的仇蚁者。

王村的蚂蚁都是单一的黑色。黑蚂蚁分为两种：不会飞的黑蚂蚁和会飞的黑蚂蚁。

不会飞的蚂蚁是大多数。它们个子微小，群体庞大，喜欢团体活动。村庄里，田地里，沙岗上，到处都是它们的身影。

村庄里的蚂蚁相对来说较为肥硕丰满，尤其是生活在家庭里的蚂蚁们。它们可以趁着主人不在家，悄悄地爬到饭桌上去，锅台上去，甚至馍筐里去，偷偷地搬运一些米粒、饭渣、馍星子。我就常常看到它们忙忙碌碌搬运粮食的场景。

有些时候它们还会有更大的收获。一只蚂蚁正在路途中匆忙走着，突然发现前面不远处躺着一只死苍蝇，或者一只死螳螂腿，于是它高兴坏了，紧急掉头回去寻求大部队的援助，不一会儿，更多的蚂蚁匆匆赶来，四五只，七八只，直到数量多到它们能把这只庞大的食物抬起来为止。

嗨哟，嗨哟——它们一个个都很卖力。行进的速度也不慢。可是某个小观察者仍是觉得不如伸出手来助它们一臂之力——死苍蝇或者死螳螂腿一下子腾空而起，被疾速地投掷到附近的蚂蚁窝旁。那些正在"嗨哟，嗨哟"的蚂蚁突然觉得肩上的重担被抽离，惊惧而又愣怔之后，四散奔逃去了。完全不顾及半空中有一只"上帝之手"在拼命给它们指引正确的方向。

古时候的王村小孩子也并非良善之辈，他们也喜欢欺负蚂蚁。听说了蚂蚁是靠辨别气味来认路的，于是就去母亲的衣橱里翻找出一枚樟脑丸，专门来和蚂蚁捣乱。拦住一只蚂蚁的去路，用樟脑丸在地上画一个圆圈把它围困起来，然后看着这只"困蚁"惶惶然左奔右突，急团团如处热锅之中，乐得拍手大笑。

拿着铁锨和铲子直捣蚂蚁巢穴的事也干过。乡下的黄土地面上，到处都能轻松找到大大小小的蚂蚁窝。我们喜欢通过挖蚂蚁窝来寻找蚁后——这个传说中的蚁族领袖，但是似乎从来都没有找到过——即使找到了我们也未必认识她。倒是每次挖到的蚂蚁窝里，总能发现许多白色的微小的蚁卵。

雨水丰沛或者天象怪异的年景，蚁群涌现得也特别多。古时候的王村人民没有收音机电视机手机里的天气预报可以参考，他们便通过看蚂蚁来大致判断未来的一两天里会不会下雨。

往往是这样：一位王村人民吃过早饭后荷锄走在通往田地的道路上，刚想亮开嗓子唱一段《朝阳沟》，突然发现前面不远处有一大群蚂蚁在列队横穿马路，它们扶老携幼，头顶着粮食。于是这位王村人民赶紧掉转头回家去"未雨绸缪"了。

——这就是传说中的"蚂蚁搬家"。

乡间的经验，如果你看到蚂蚁搬家，就说明不久必降大雨。如果你看到所有的蚂蚁都在忙着搬家，乖乖，估计要发生特大洪灾了。——当然，这种极端现象王村历史上似乎还不曾发生过。

蚂蚁作为这么优秀且纯天然的天气预报员，它们自己也并不觉得多么了不起，甚至因此而在人类的面前就趾高气扬了起来。它们的待遇也并没有因此而有所改善和提高——当它们爬到饭桌上、锅台上、馍筐里的时候，照旧会被发现的人类怀着厌恶的表情清扫出去，根本也不管它们的死活。甚至，当人们看到黑压压一大片蚂蚁群体的时候，会采用火烧的激烈方式来消灭它们。一片火光之后，尸横遍野，一个庞大的蚂蚁种族基本上就灭绝了。

蚂蚁虽然力量微弱，有时候也会奋起反抗，表达自己对人类的不满情绪。它会趁你不注意，偷偷爬到你的身上去。腿上，臂膊上，甚至脸上，咬你一下。被蚂蚁咬了一下，人们会说被蚂蚁"夹"了一下。它咬的痛感实在是太轻微了，仿佛是用一对细小的夹子轻轻夹了你一下。

相对来说，地里的蚂蚁比家里的蚂蚁夹起人来痛感就会更强烈一些。尤其是那些长了翅膀的大肚子蚂蚁。它们的攻击力和毒性都更强，被它夹了以后，伤口会刺痒疼痛，出现红色的斑点。好在过不了多久就自行消散了，无关大碍。

无论是会飞的蚂蚁，还是不会飞的蚂蚁，它们都是会上树的。它们多喜欢爬槐树和杨树。我小的时候喜欢看蚂蚁上树，看这些小小的蚁族在粗糙的槐树干和光滑的杨树干上迅捷地上上下下，永不停歇，也不知道它们究竟要爬到哪里去。

多年以后，有一次在饭店吃饭，看到一个菜名叫"蚂蚁上树"，不由心里起了一阵恍惚。

/ 蚂蚱、蛐蛐和蝈蝈

秋天的田野里，会有许多昆虫现身。蚂蚱、蛐蛐、蝈蝈是相貌近似的三种，它们的步调也一致，都是蹦跳着前进。

花生地和玉米地里的蚂蚱最多，也最容易逮。走过去，手掌轻轻一扣就逮着了。揪一根细草拴起来，趴在地上遛一遛，看它蹦跶蹦跶地要逃跑而又没有办法逃跑的滑稽样子。然后再逮几只，都一一用细草拴了，做成一束"蚂蚱花"，带回家去喂鸡。母亲说，吃了秋虫的母鸡下的蛋最有营养。

蛐蛐的个头最小，颜色最隐蔽。它也不喜欢像蚂蚱那样在玉米地里、花生棵上蹦来蹦去惹人注意，当它安静地趴在草丛里，趴在土坷垃后面，你根本就发现不了。而且它行动起来异常迅捷，不容易逮到。

王村人没有逗蛐蛐的爱好，除了任由它夜半三更躲在窗棵底下扰人清梦，唯有大公鸡对它保持着一种本能的兴趣。它们常常在院子里的草叶间豆角架下砖头旮旯里斗智斗勇，一个为了保全性命，一个为了一顿美味。

小孩子最感兴趣的是蝈蝈。

蝈蝈有两种。一种是母的，我们唤它作"老母蚰"，老母蚰的颜色苍绿，形体肥硕，肚子颇大，所以又被称为"大肚子老母蚰"。

一种是公的，我们唤它为"叫叫蚰"，叫叫蚰的颜色翠绿，形体瘦削，矫健，弹跳力强。

老母蚰和叫叫蚰除了形体上的差异，最大的不同就是老母蚰不会叫，叫叫蚰会叫。

蝈蝈最常出没的地方是花生地，因为它们的颜色和花生叶的颜色类似，方便隐藏。常常是随了大人在花生地里，大人干活，我们逮蝈蝈。好不容易逮到一只，炫耀似的给父亲看。父亲瞅了一眼，便说："这不是叫叫蚰，这是老母蚰。"于是便伸手拿过去，捏一捏它的肚子两侧，说："看，它是不会叫的。"

为了更加形象地讲授知识，父亲便亲自出马，要给我们逮一只叫叫蚰。此时的花生地里很安静，秋风过处，突然不远处有"吱吱——吱吱"的叫声，父亲嘱我们别动，自己悄悄走过去，弯腰，轻轻拨开花生秧，一下子就逮着一只。

父亲举起那只叫叫蛐给我们看，果然，它的肚子两侧，紧挨腿部的地方，有两块类似鳞片的硬壳，用手一捏，"吱吱——吱吱"的声音就出来了。

老母蛐逮回家去，没有别的用处，只好丢给家里的鸡们。而叫叫蛐才是我们最钟爱的玩具。我们央着父亲做一只叫叫蛐笼。

作为一种可供赏玩的宠物，叫叫蛐是要装在笼子里的，不能像拴蚂蚱那样拴着。而做笼子是个技术活。父亲是一个技术不精湛的木匠，平时做的木工活粗枝大叶，做的叫叫蛐笼也沿袭了他一贯的风格：简单，粗糙——用细的高粱秆横横竖竖地架构起来一个四方的笼子就算完成了，中间留一两根能活动的做两根手指能进出的关口。后来我们依样画葫芦也能大致做一个出来。

大爷做的叫叫蛐笼精致华丽，他是用高粱篾制作的，拿在手里，简直是一件可供观赏的工艺品。大爷的工艺品叫叫蛐笼子挂在他家廊下，一只精壮的叫叫蛐关在里面，日日引吭高歌，惹得我们常常要跑过去仰着脖子欣赏和眼馋。

有一年初秋去英雄山玩，看到有人在卖蝈蝈。一个大木笼里间隔出一个个的小单间，每一间都关着一只翠绿的蝈蝈。一时兴起，买了一只回来，又买了一只笼子作配套。

　　买回来的这只蝈蝈很有活力，每天晚上在阳台上独自吟唱，一直唱到了临近初冬。吱吱——吱吱，吱吱——吱吱，蝈蝈的叫声日复一日，叫得城市的夜色越来越寒凉，叫得我的心里泛起了一重又一重的乡愁。

草木记

记忆中的王村，有着淳朴的田园之美。花草树木野趣横生，自由自在。春天里槐花仿佛一片雪海，秋天里红枣挂满枝头。染红了指甲的小桃红，香浓得化不开的烧汤花，还有我做梦也想爬上去的楮桃树。它是我儿时的百草园。

/ 早春二月

一

　　暖气潜催次第春，梅花已谢杏花新。丁酉年春分前一日去莲台山看杏花，站在漫山遍野的杏林中，蓦然想起罗隐这首杏花诗来。

　　只是可惜那日春阳大好，无风无雨，不能吟诵"杏花春雨江南""小楼一夜听春雨，深巷明朝卖杏花"这样的句子。最近几日倒是夜夜有好雨随风潜入夜，只是北方没有卖花的姑娘，连折花这样的远古雅事在倡导公德的现代文明社会里也不敢擅自妄为了。只能眼睁睁地望着那满树繁花，强压心痒。正所谓"花开堪折不敢折，待到无花空看枝"。

　　小时候住的老院子里也有一株杏树。不记得有折杏花的经历，桃花倒是折过的。可能也是因为杏树只有孤零零的一株，枝少花稀，于心不忍的缘故。不知道父亲从哪里得来的幼苗，把它种在厨房门口，身后是一截半树高的土院墙。它长得瘦骨伶仃，弱不禁风的样子。

乡下花木少，常见的便是杏树，桃树，梨树，苹果树。早春二月杏花开，阳春三月桃花开，暮春四月梨花苹果花，年年花开次序大致是这样的。

小时候不懂什么是"赏花"，只依稀记得那株细弱的杏树上年年会被春风吹开几朵淡粉色的小花。每日里放学回家，我会坐在这一树杏花下逗一逗那只刚从别处抱回来的小黄狗。

那株杏树年年开花，年年结果。结出来的杏子特别好吃，橙黄色，果肉肥厚绵甜。母亲怕酸，却爱极了这树上的杏子，称它为"麦芒杏"。后来想，母亲说的其实应该是"麦忙杏"，因为杏子成熟的时候正是收麦子的农忙季节。

乡下有捂杏子一说。杏子从树上摘下来，青黄暧昧，口感不是很好，需要放进厚实的棉被子里捂上三五天。捂好的杏子吃起来绵软沙甜，一口气能吃上七八个。

我家的杏树瘦弱，虽然杏子好吃，结果并不多，寥寥落落的三五十颗已经算是大丰收了，也无须都摘下来捂一捂，每日里饭后路过，想起来就摘几个来解馋，不几日就成空树了。

杏子也是不能多吃的。桃养人，杏伤人，李树底下埋死人。老人们常常这么告诫贪嘴的孩子。

二

惊蛰之后，万物复苏。麦地里的积雪慢慢消融，土壤被滋养得松软湿润。这个时候各种野菜都开始生机勃发起来。

很多年的早春时节于我来说却是非常难熬的。

小时候年年生冻疮。冻疮在冬天还好一些，最难以忍受的是春天来了。春天一来，冻疮就开始愈合，而这愈合的过程却是非常痛苦的：奇痒难忍。母亲告诫：不能抓啊！可是怎么忍得住呢？我说：痒得钻心呀！

母亲看我实在痛苦，就四处求索偏方。终于求来两个：其一是用刚杀死的猪的热血糊在溃烂的地方，其二是用活麻雀的热脑浆糊在溃烂的地方。

由于药引子实在难得，这两个偏方都没能用上。

后来小叔说可以用生姜涂擦。于是母亲带了我去小叔家里，让他用生姜帮我治冻疮。小叔说冻疮必须溃烂才能擦，于是又找来针刺破了我手上的那些小疙瘩，有清白的液体流出来。

经了小叔的偏方治疗，我的冻疮依旧没有好。

可是春天的野菜却长得那么好，好得让人的心痒痒起来。下午放学之后，有小伙伴跑到家里来邀我去挖野菜。

我请求母亲：让我去挖面条菜吧。

小时候不认识荠菜，也不知道它的好。第一次吃到大名鼎鼎的荠菜饺子还是在山东的临沂。母亲不爱吃野菜，却不讨厌翠格生生的面条菜。做汤面条的时候放几棵进去，能增色不少。

可是母亲不为所动。生了冻疮的手，是怕被春风吹的。

可是我非要去。非去不可。

眼看着小伙伴们都要走了，我急得直抹眼泪。

母亲拗不过我，只好同意了。

其实每个小人儿的臂弯里挎着的篮子只是个摆设，挖野菜也是个借口。我们只是想去野地里撒撒欢儿，伸展一下囿困了一冬的身体。

野外有风，风里有麦苗泛青的味道。我们像久困圈里的小牲口一样，嗷嗷叫着，在麦地里疯跑。

撒欢儿够了，天色也近黄昏了。回家的时候，我篮子里的野菜只有一点点，刚刚盖严了篮子底。

三

二月春风似剪刀，万条垂下绿丝绦。小学课堂里背过了诗句，放了学专门跑到东地那棵柳树下仰起头来细细端详，小小的心胸里有一种异样的美好感情。

王村多的是杨树槐树，柳树是稀有物种，记忆里最深刻的就是村东地头上的这棵正值盛年的年轻柳树。有好几年，我家的地就在它近旁，田地里劳作来来往往都从它身边经过。那块地里种过几年油菜，春天里油菜花盛开，它也正好披挂着满身的"绿绦"，春风里摇摆多姿。

嫩绿色的柳条刚刚抽絮，既可入画，也可入口。乡间人们热爱生活，首先会从吃食上体现出来。他们擅长从大自然那里撷取营养美味的食材。

柳絮正嫩的时候，就有婶婶大娘们从家里挎着篮子过来了。她们踮起脚尖，小心翼翼地用手攀扯着从树上垂下来的柳条，把那些鲜嫩的柳絮一个一个摘下来。

柳絮味清淡，略苦，应该属于败火之物。吃的时候需要先用开水焯一下，佐以蒜末、香油，略微点一点醋。吃起来清爽，微苦，所谓"野菜之香"，是正宗的山野味道。

每年夏天去常州小住，都会吃到婆婆在春天摘下来储存在冰箱里的柳絮。焯熟之后又被冷冻过的柳絮虽然失却了那种刚从树上摘下来的新鲜味道，乍一吃仍能品味出隐约留存的春之气息。

我热爱柳树，不只是它的可爱和可吃，还有可玩。再等几日，等到叶子再大一些，整个柳条都变成青颜色了，小孩子们可以折下来编成柳条帽子戴在头上，再找一根棍子，就可以演绎"红军过草地"了。

我最热爱的不是打打杀杀，而是比较文雅的一种——吹柳笛。等到柳枝"泛青"到颜色更深，外皮和骨干之间就开始分离了，我们说它"离骨"了。柳枝长到皮松了，就可以折下来一截，用手拧一拧，把树皮从树枝上脱离出来，做成一个个长短不一的柳笛来吹。杨树的树枝也可以做成笛子。

杨笛柳笛只有一个孔，技术再高超的人也吹不出太多花样，只不过小孩子实在找不到更好玩的东西才拿来消遣罢了。每年的这个时节，每个孩子嘴里都会叼着一根"树笛"，吹出来的声音高低起伏，却都是一样的"mi-mi"音，所以我们不叫它为"笛"，而是"mìmì"。

每天放学后东地麦场周边，一群小娃娃，头戴柳条帽子，嘴里含着一支杨柳笛，吹着高亢或者低沉的"mi-mi"声，作战场上厮杀状。这样的欢乐场景每天都要上演一回。

到了阳春三月，柳絮就满天飞了。三月尽是头白日，与春老别更依依。记得夹堤初中的校园里种了好多柳树，大团大团的柳絮聚拢在地面上，风一吹，像云朵在地上飘移。好玩的孩子会踩在上面，仿佛踏上了云端。

　　我喜欢追着一小朵一小朵的柳絮跑，我在后面追，它们在前面跑。像做一场配合默契却又虚无缥缈的游戏。

/ 桃红

王村人把凤仙花唤作桃红。有一首很好听的歌名字就叫
《小桃红》。

桃红——活泼，灵动，仿佛是在喊一个美丽清纯的乡间
少女。

桃红是乡间最寻常见的家养花草，颜色纷繁：深红，浅
红，粉，白，甚至还有罕见的绿色。无论它的花朵变幻成什
么颜色，榨出来的汁液都将变成绛红色，成为乡间女子染指
甲的唯一原料。

在夏日的晚上，临睡前，把傍晚时分就采摘好的桃红放
进干净的蒜臼或碗里，加进一些白矾，捣碎成糊，捏一撮放
在指甲盖上，包上下午采摘好的大麻叶，缠上白棉线，就像
平时手被碰破了包扎伤口一样。包好以后就可以睡觉去了。

在乡下，没有哪个爱美的女孩子不染指甲的，甚至是结了婚的少妇，甚至中年以及老年如我奶奶者，她们虽然满面沧桑，双手粗糙，每年当桃红盛开的时候，依然会像青春少女一样，兴致勃勃地涂染自己的手指，甚至脚趾，十指鲜艳地招展于朴素的岁月中。

美丽的红指甲是如此的诱惑人，可是我总是忍受不了染指甲的麻烦与不便。由于手指包扎得像一个个小粽子似的，而且还得小心翼翼不让它掉下来，连睡觉时翻个身都得拿捏半天。这种感觉可真是不舒服。

大人告诫说：千万别乱动啊！

可是怎么能够做到呢？所以早起便会看到惨不忍睹的景象：有的指甲早就光光的了，原色的指甲上有隐约的将染未染的红。那小粽子似的麻叶包兀自失落地躺在床的某一处，指甲型的空洞里那未发挥作用的染料业已枯干，失却了原来的水嫩。

还有的偏离了正道，扭歪到指头肚去了。渴望美丽的指甲没染上，倒是把圆鼓鼓的指头肚染得红彤彤的，一两个月方能消退颜色。

这样的惨状却不自知，依然会翘着小指头四处去炫耀。

有一年夏天去常州小住。婆婆每天晚上为我包红指甲，掐了阳台上种的桃红叶子——她从小区里的花圃移植过来，却发现竟然是只长叶子不开花的品种。绿色的叶子捣碎了糊在指甲上，再缠上保鲜膜保护一夜，连续染了五六夜，指甲终于红彤彤的了，甚至连指头肚也红彤彤的了。出门在外，伸出手去，不明真相的人都会吓上一跳，以为我双手手指受了什么重创。

他们见惯了用化学染料涂染的各色指甲，何曾认得这种纯天然的染甲术。

/ 夜里的烧汤花开了

烧汤花的学名叫紫茉莉。

许多地方都有紫茉莉，许多地方的紫茉莉却并不叫紫茉莉，它被许多别名所取代：草茉莉、胭脂花、夜晚花、地雷花、官粉花、潮来花、夜娇娇、洗澡花。这也许是它当初万里遥迢从南美洲移民到中国时所没有料到的待遇。

有一年我在厨房近处开辟了一片花地，种了许多羊粪蛋一样的黑色种子。夏天的傍晚，当家家户户炊烟袅袅的时候，无数个酝酿了一天的花苞就开始绽放了，到晚饭的时候达到鼎盛。它的花香浓郁，夜风一吹，能传送很远，那些到我家串门闲聊的人都会情不自禁地叹一句：这么香呀！

这是我最得意的时刻。

烧汤花是王村人的叫法，因为在包括王村在内的豫北地区，做晚饭是被叫作"烧汤"的，而吃晚饭是喝汤，用以区别于吃早饭。往往晚饭后互相串门闲逛的人们碰面的第一句话就是："喝罢汤儿了？"喝汤的汤又故意被儿化用以区分平时的汤菜之汤。想来乡下的方言真是意味无穷啊。

烧汤花的花苞像牵牛花一样，像一个小小的纺锤，盛开的花朵比牵牛花略小，神态更加的妩媚，少了些牵牛花的野性。

烧汤花的颜色有桃红色、橘黄色，红白相间的也有。它的花期很短，暮开朝落。当第二天早上太阳升起时，便是它香消玉殒的时刻。这一点跟牵牛花也是一样的。它们大约是近亲关系，虽然叶子形状不同。

想来烧汤花如此香味浓郁，大约是因为它的美大部分只展现在夜色里，相貌无法取悦于人，只好借助味道了。心又急，所以用力过度。

夏夜，坐在院子里纳凉，和三两知己闲谈，身旁花丛处有阵阵暗香袭来，也不失为人生一大美事。只是坐得久了，便会受到蚊虫的骚扰，只好逃之夭夭。

烧汤花引蚊子，这是它的可恶处。虽则可恶，可是我仍是喜欢它，因其易养，且自我繁殖能力超强。今年坠落的花籽，到明年就会生根，发芽，繁衍成一大簇夏日的微景观。

有一年的夏天回王村小住，傍晚时分从田野里散步归来，路经一处院子，院门外墙边一大丛烧汤花开得正艳，那久违的红色花朵，让我凝神驻足了许久。

/ 碧桃花下感流年

我年少时也曾坐拥一片桃花圣地。虽比不上黄老邪的桃花岛屿，却也可堪怀念。

那时父亲刚刚做小队长，在饱满的事业心驱使下，想干出些政绩，做过两件动静很大的事。第一件事且不提。父亲做的第二件事就是要发展经济作物，思量再三，觉得桃树最好养，于是就买了一些桃树苗回来，在东地开辟了一片试验田种桃树。

桃树苗的质量都很好，而且还是分批次成熟，五月，六月，七月，八月。我们给这些桃树分别命名为五月仙，六月挣，七月啥来着？忘了。最晚的是八月里的秋桃。东地因为有了这些桃树，后来就正式更名为"桃树地"。它后来已经没有桃树了，仍然叫"桃树地"。

桃树地的桃树开了两年的桃花，第三年终于开始挂果结桃子了。桃树开花的时候我负责在每年的春天折桃花拿着去庙会上招摇，桃树结果的时候我则负责每年夏天在桃树地里驻扎做看守。父亲把家里的一张木床搬到桃树地里，做我的营寨。桃树地南临沙岗，北临沙岗，西临庄稼地，东面隔着一道沙岗就是东娄庄。四通八达的地方，一树一树的桃子挂满枝头，大的大，小的小，有的还涂着红艳艳的"胭脂"，谁看见了都想伸手摘一颗吃。有一次还发生了一件血拼大案，东娄庄的几个男人拿着化肥袋在中午头儿翻过沙岗来偷桃，被看桃人发现了，打了起来。他们人多，看桃人又不是仙界的"弼马温"，所以被打得头破血流的。偷桃人带着偷来的桃子逃跑了。

　　我在做桃树地看守的时候，一直都是风平浪静的，就是天气热。没有风的时候更热。桃树地里间种着小麦，小麦收割之后换了花生，但是被高大的桃树压着，长势都不太好，我有时候会做一些除草的工作，有时候就坐在床上看书和画册。可阅读的课外书资源缺乏，翻来翻去的就那么几本，也很无聊。实在无聊的时候就睡觉（虽然热得睡不着）。有一次，我正躺在床上打眯糊，燕彩沿着曲曲弯弯的田间小道过来找我了。那时候我们刚刚闹了矛盾又恢复正常，心理正处于不尴不尬的微妙期。桃树上的桃子刚刚可以吃，我从树枝上认真地挑大个的可能是甜的桃子给她。我们坐在桃树下的床上说话，远处是让人昏昏欲睡的有一歇没一歇的蝉鸣，午后的太阳光透过桃树的枝叶射下来，投在光板的床上绘出斑驳的图案。有一段时间，我们谁也不说话，都望着远处的沙岗。沙岗上的那些杨树槐树已经被砍伐得没有了，光秃秃的，上面种了一片一片的花生，花生苗刚刚长出来不高，光照太强，缺水，颜色都是蔫蔫的灰绿色。

整个夏天都不怎么下雨，所以我时常盼着浇地。水从机井里抽出来，顺着地头的沟渠流过来，把桃子摘下来在水里泡洗一下，或者直接拿到井边洗，刚抽出来的水更加的凉冽，这样的桃子吃到嘴里是脆甜清凉的。

又三年以后，桃树地的所有桃树都砍掉了，不是因为它们长势不好，是因为它们长势太好了，四通八达的桃树地对偷桃贼的防范能力几乎为零。而且在我家里的情况是，母亲生性太大方，收了桃子，里里外外的亲戚本家都要送个遍，一家一篮子的，这样送下去半数的收成就消散了。

桃树被砍的时候是在初冬，桃树叶子都落尽了。我不在家。等我回到家，只看到那些扑倒在地粗壮的枯桃树。它们已经死了，来年春天不再有粉红的桃花盛开，夏天也不再有粉红的桃子挂满树枝。

我失业了。

大爷的桃园出现在桃树地的桃树消失了十年以后。桃园很小，紧挨着村北头那片空麦场。这块地以前是大爷的瓜田，然后又改种桃树。桃树大约有二十棵左右，品种不一。桃园周围种着长着尖刺的花椒树做篱笆。

有一年夏天，我回到王村，和堂妹去造访大爷的桃园，下午四点多钟的太阳，虽然仍很耀眼，但威力已经减弱大半。我们走在那条沙土路上，感觉仿佛回到了年少时候。年少时候，这条沙土路是去地里劳作的必经之路。打麦扬场的季节里，我和我的兄弟们用平车一趟一趟地往家拉麦糠，赤足飞奔在这条路上。路面上撒满了从车上掉下来的细碎的麦糠，路两边矮土墙的酸枣树上也挂满了拉麦的车上掉下来的带穗的麦秆。如今它除了更加冷清，依然是老样子，没有与时俱进，也没有更衰老破败。时光在某些事物上会执拗地停驻不前。

在我和堂妹都年少的时候，走动频繁。大爷家的院子是我最爱的去处。大爷爱种花草，种了满院子的葡萄、月季、木槿，每天侍弄它们。这都是发生在大爷六十岁以后的事。六十岁之前，大娘说，大爷年轻的时候极懒，她嫁给大爷时是十五岁，大爷十六岁。她怀了孩子，大肚子，挑水不方便，喊大爷。大爷不理她，一转身跑去玩了。大爷大娘一共养了八个子女，另外还夭折三个。他们中的大多数是靠喝羊奶长大的。大爷年轻的时候喜欢放羊，是那些长着卷毛的脏兮兮的绵羊。我小时候最讨厌这种绵羊，如果在土路上和它们狭路相逢，相隔半里地就能闻到顺风飘过来的难闻的膻味。还有它们每年在固定的时间段被剪了毛后的光溜溜的丑样子。

除了放羊，大爷还爱好拾粪。他属于早年乡间无数个"拾粪老头儿"中的一个。每个冷得冒着白气的冬天早晨，天色才蒙蒙亮，大爷就会穿一身黑粗布的棉袄棉裤，背着一个装粪的粪筐，踽踽独行在王村的每一条大街小巷，一边呼吸着令人激奋的冷空气，一边低头巡视着路面，以期发现那些驴牛拉的粪便。

除了拾粪，大爷还爱好手编，用沙岗上长的柔软筋道的紫荆条编织筐、篓、挡、圈、篮子等等，还会用沙岗上长的野酸枣树扎寨门。大爷扎的寨门高大，结实，还扎人，具有真正的防盗功能。

大爷年轻的时候不喜欢做农活，到了六十岁之后，突然就变得勤快起来，每天早早地吃饭，然后拉着平车就去东地沙岗上开荒。他像现代愚公一样，一个人整整干了三年，愣是把一大片长满杨树槐树酸枣树等诸多杂树的沙岗给刨光了，整成了能种粮食的光秃秃的田地。甚至这一小片桃园，也是大爷一个人自力更生完成的，扎围墙，种桃树苗，包括桃园里的那座房子，也是他一平车一平车从家里拉来砖头垒起来的，只是在盖房子的时候请了小叔过来帮他。

在那个多年前的下午，我和堂妹去造访大爷的桃园，走到桃园入口的时候，赫然看见栅栏上钉着一块小木板，上面写着：田培华换桃。一斤半麦一斤桃。我和堂妹相视而笑。

走进桃园，有一条小路直通大爷看桃的小屋。桃园里的桃树，有一部分已经桃去枝空，只留满树茂盛的桃叶在虚度年华。留在树上的那些丰硕的果实，打着红晕，衬着下午的太阳光，让人觉着生活的某种美好。只是天气太旱，桃园里缺水严重，吃一颗带着雨露的新鲜桃子，只能靠想象了。

大爷正坐在他那小屋前的竹躺椅上吸着旱烟。小屋两旁的桃树上挂两三只鸟笼，里面装着几只不知名的小鸟。不远处那棵高大的杨树上也挂着两只鸟笼。鸟笼里的鸟在叽叽喳喳叫着，为这干热的下午平添了些许凉意。大爷从年轻的时候就开始吸旱烟，他手里的那只旱烟袋也有几十年的历史了，我小的时候还怀着好奇心吸过这支旱烟袋，辣得呛嗓子，流眼泪，被大爷笑。从村子里过来的一个上了年纪的人在和大爷聊天，他是西头的，我认识他，只是想不起来名字了。我们和大爷打了招呼，就径直去桃园的深密处寻好吃的桃子。站在大爷的小屋前极目远眺，天空纯净，望得见附近的新兖铁路，远处的高低起伏的沙岗，还有那些远远近近的树木。沙岗上已经种满了花生，一片鲜亮的绿色。沙岗后面的那些树木的梢也蓊蓊葱葱的。有风吹过时，恍恍惚惚地摇动。这是多年前我熟悉的场景。

我们离开时已夕阳西下，走到高处的空麦场，我回头看一眼大爷的桃园，它微小，孤单，却成就了一个老农夫的人生理想。也许是最后一个。

明年春来，大爷的小桃园又是一派花团锦簇的盛景。这位垂垂老翁坐于鲜花丛中，不知有何感想。

想起袁才子有一首题桃树的诗：二月春归风雨天，碧桃花下感流年。看看大爷的老年生活，又想想我的少年时光，浮生倥偬，当为一叹。

/ 槐花记

今春雨水丰沛，隔三岔五就要下一场小雨。

楼下的那一棵槐树，昨日还顶着花苞，今朝从窗口望出去，已经是"华枝春满"了。到了下午时节，打着雨伞从它近旁的路口经过，从雨里漫过来的浓郁的花香，直直地就入了肺腑，让你都来不及拒绝。

英雄山文化市场路口的斜对面有几株槐树，隔着路望过去，雪白的一片，耀眼，却并不喧哗。槐花的名字又被称为槐雪，大约也是因为它洁白而又寂静的品格吧。

小时候的王村盛产槐树。当然现在是少多了。少多了的原因主要是盛产槐树的大沙岗被具有"愚公移山"精神的王村人民消灭干净了。想起来真是令人怅惘。

槐树是刺槐，王村人都叫它洋槐树。那时候孤陋寡闻，还不知道洋槐之外还有一种槐树，叫国槐。有一年朋友来济，带她去访千佛山，正是夏末雨后，一路向上的石阶上落满了细碎的淡黄色花朵。看了那粗大古朴的树身上挂的名牌才恍然大悟，原来这就是大名鼎鼎的国槐。后来偶去京城，更可见国槐那伟岸的身姿立于大街小巷。犹记故宫内一棵约有几百岁，苍劲古老，树叶繁茂，赤脚走在树荫下的鹅卵石地面上，有一种恍恍然千古岁月之感。

国槐不但著名，浑身皆宝物，其皮、枝叶、花蕾、花及种子均可入药。而刺槐的价值就匮乏多了。这也许就是一个居城市一个居乡间的原因吧。所谓各安天命是也。

洋槐虽然不是土生土长的国有物种，却生命力旺盛，繁衍能力超强，去年的槐荚掉落地上，今年就能生出一棵弱小的槐树苗。在无人照管的风吹雨打中就慢慢兀自长大了。春风一吹，也会努着力绽放几穗稚嫩的小白花。

从前的记忆里，村里村外，院里院外，遍地长的都是大大小小的槐树。每年春天槐花盛开，整个村庄远望过去就是一片雪白的花海。槐花开得安静，而花香却是浓烈的。所谓春风浩荡，香飘十里。

槐花是一种常见的好蜜源，但是乡间少见养蜂者，王村的养蜂者就只有大爷一人，他也只是业余爱好，在自家院子里养几箱吃着玩。小的时候去他家玩，常常见他戴着养蜂人的专用头套去放蜂。花源是不缺的，他家院子里的整个南半部就是一大片树林，多种杨树槐树。院子外边往东去，就是连绵起伏的大沙岗了。大沙岗下面依然是一大片杨槐树林。

我最喜欢看的就是大爷收蜂蜜。后来在山东，知道这道工序有一个专有名词：甩。甩蜂蜜，多么形象生动。我就站在旁边，目不转睛地观看大爷从蜂箱里拿出蜂巢来，把蜂巢里的蜂蜜"甩"出来——其实就是把蜂巢里的蜂蜜倾倒出来，从开始的粗线条慢慢变成细若游丝，这股"蜜流"在阳光的照射下呈现出透明的琥珀般的光泽。

大爷每次收蜂蜜会持续半个小时左右，我就安静地站着，或蹲着，一直守到这道工序完全结束为止。大爷偶尔也会感动于我的"敬业"，到最后"蜜流"时断时续了，就让我把头伸过去，仰起嘴巴来，赏我几口蜂蜜吃。那种纯粹的蜂蜜的甘甜滋味，多少年后还留存在记忆的味蕾上。

槐花可食，这应该是具有农村生活经验的人们的共识。每年槐花初绽，正是吃槐花的好时节。挎一只大篮子，执一竿长钩，钩槐花去，中午就可以吃到新鲜美味的槐花蒸菜了。

东地沙岗上的槐树众多，小时候常常去那里钩槐花。树枝低的可以站在地上钩，高处的就要爬到树上去了。一个孩子站在高高的树杈上钩槐花，树下面几个孩子等着捡拾。树上的孩子是幸福而又骄傲的，既可以登高远眺，又可以吃到最新鲜的槐花——常常是一边钩槐花，一边顺手捋一把胡乱塞进嘴里大快朵颐。

日之夕矣，羊牛下括。村庄里开始升起袅袅炊烟，心急的母亲正准备扯起嗓子召唤孩子了。挎着满篮子槐花，拉着长钩，拖着几根被扯断的槐树枝，踏着落日的余晖，我们也满载而归了。

槐花吃得，槐叶却是吃不得的，不过有几年的时间，乡下流行捋槐叶。母亲常常去地里将好多的槐叶回来，摊在院子里晒干之后收进堂屋的阁楼里，说是有人要收，几毛钱一斤。母亲收集的干槐叶都堆积成小山似的在阁楼上，吸引得老鼠都开始在里面做窝生宝宝了，可是收干槐叶的人最终也没有来。这些被母亲寄予无限厚望的干槐叶也被当垃圾扔掉了。

楼下的那一棵槐树，十年前初见时刚刚"弱冠"，从四楼看它，要俯下身子去。如今已至壮年，树梢高达五楼阳台，枝叶繁茂。

小区的槐树除了我家楼下的这棵，另外还有两棵较之娇小一些的，开紫色槐花，据说是不宜食用的。从千佛山美院门进去，东侧，也有几棵紫槐，高大壮硕，我去的时候，花期已过鼎盛，碧蓝的天空下，几树艳紫色的花树，颇为壮美。

风一吹，早萎的花瓣纷纷飘落坠地，如深紫色的浮云。

白乐天有诗云：薄暮宅门前，槐花深一寸。彼时他心中的落寞大约比满地落花要更深一些吧。

白诗中的槐花指的是夏季开花的国槐，而非后来移民的洋槐。而如今，立夏将至，窗外的洋槐花已然败落，春天就要远去了。

槐花落后蝉鸣。

时光不知疲倦，哪肯稍有停歇。

/ 枣树与黑槐树

我家以前的老院子里有两棵枣树。一棵是酸枣树。一棵不知道是什么枣树。

酸枣树是一棵很完美的酸枣树。树身如冠，健壮魁伟。每年的春天，枣树开花，引来好多的蜜蜂，嗡嗡嗡的，满院子都是枣花香。到了秋天，酸枣树上结很多的酸枣，个个长相饱满，果大，核小，酸酸甜甜。这么多的酸枣挂在树上，像一盏盏晶莹剔透的红灯笼，由绿的叶子陪衬着，让人眼馋。

这棵酸枣树是家里的经济作物。秋里枣熟的时候，能打几十斤。母亲便挎着一大篮子跑到几十里地远的新乡市去卖，换来柴米油盐钱。因为它背负着生活的使命，作为零食的功能就下降了，我们不敢肆无忌惮地吃，也不允许旁人肆无忌惮地吃。可是那些街坊四邻的大人小孩却并不因此而减少对它的垂涎，每天都有好多人爬上树摘酸枣吃。我们家人面子薄，敢怒不敢言。后来母亲一狠心，把酸枣树砍了。

砍掉酸枣树是迫不得已，所以我们一直耿耿于怀。尤其是母亲，过了很久还心疼地念叨。

另外一棵不知道是什么枣树的枣树，它的寿命要长久一些。老屋翻修之后，老院子变成新院子之后，它被夹在那垛历史悠久的土窑砖中间，依然活了很久。

这棵枣树结的枣介于灵枣和笨枣之间。它的果实形状跟灵枣相似，圆圆的，只是尾部略尖；味道却类似笨枣，未成熟的时候，糠糠的，一点也不甜。它的成熟期最晚，在深秋的九月底。当它终于成熟了的时候，它的颜色也是红艳艳的，有点甜，有点酸，有点艮，倒也别具一番滋味。

它长在老院子里最后一间厨房的旁边，厨房的房顶还没有凹塌的时候，我们会在上面晒一些花生、玉米、芝麻等。搬着梯子爬上去，一抬头，便看见树上挂的红枣，摘一颗吃到嘴里，在深秋的阳光下，细细品味，才蓦然发现它竟也是好吃的。

除了这两棵稀有品种的枣树，我家老院子里的黑槐树也是一种奇特的树。因为它的果实是可以吃的，我在其他地方至今没有见过和它同类的。

黑槐树长在院门口的西侧，压井的南边。它的树冠庞大，叶子是和刺槐相近的，只是颜色更深沉几分，周身无刺。不记得它开什么样的花，它的果实是扁扁的豆荚，每年春天都挂了一树。

春天属于青黄不接的时令，青菜少，实在没什么可吃的时候，母亲就会从黑槐树上摘一些豆荚下来，剥出里面的豆子，豆子黑乌乌的，非常饱满。母亲把它们叫作"黑槐豆"。黑槐豆煮熟了，放上盐和香油调一调，就可以当成佐餐的小菜了。

每年的春天，我们都要吃一段时间的黑槐豆，一吃就吃了许多年。黑槐豆也并不难吃，甚至还有一股清香之气，所以吃了这许久，我竟然也没有吃厌。

这棵绝无仅有的黑槐树后来是怎么消失的，我竟然也不记得了。

/ 再记枣树

　　王村盛产槐树和杨树，不盛产枣树。枣树不多，也不少见。除了三老奶家的长相奇特的鸭鸭葫芦枣树，我家老院子里的那棵完美无瑕的酸枣树和另外一棵无名枣树之外，还有另外的几种——

　　灵枣树。笨枣树。野枣树。野枣树属于上述几种枣树的变异品种。

　　灵枣树的果实是圆的，笨枣树的果实是长的——有的地方也叫它长枣。王村多的是笨枣树，灵枣树也是比较稀少的。我家院子里原来有一棵，长在厨房门口。它中等身材，枝叶果实都高过了厨房顶。厨房是平房，等到枣树上的灵枣开始泛了红晕，我们就爬上房顶够枣吃。清晨挂了露水的灵枣，和一场秋雨之后的灵枣是最好吃的。咬上一口，有原始的秋天的清甜，其滋味不亚于山东沾化的冬枣。

王村有灵枣树的人家不多，几乎都被锁在大大小小的院子里，不敢示人。——满树的红了脸庞红了屁股的灵枣太诱人，有时会引发偷窃行为，导致邻里失和。有些灵枣树长在院墙里边，它也有炫耀之心，忍不住地就伸一个枝丫出来，所谓"一枝红枣出墙来"，惹得从墙边路过的人们都抬头瞪眼手痒痒起来，伸手就要摘一颗来解馋，猛不丁院墙里有狗吠传来，吓得赶紧缩起手疾步走开。

灵枣有几种吃法。除了生吃，还可以蒸了吃煮了吃，最经典的一款是腌酒枣。小时候过年去别人家磕头拜年，偶尔会得到谁家的长辈赏赐的几枚酒枣，小心翼翼地含在嘴里舍不得一口吃掉。酒枣和核桃都属于过年零食里不可多得的极品。

小店北街五叔家院子里有一棵灵枣树。每年秋天打下枣来，五叔都要挑一些好看的，用来腌制酒枣。有一年他很大方地送我们一瓶，酒枣在透明的玻璃瓶子里，红彤彤的，鲜润可爱，打开来取一颗放进嘴里，酒香混合着枣香直扑味蕾。真是别有一番滋味在心头。

有一年冬日出去闲逛，发现一个卖山西特产的小店里竟然有酒枣卖，兴奋的心情仿佛他乡偶遇故知。但是那时节还不到过年，于是想着临近过年时再去买来，结果再去时已经没有了，令人怅然若失。怅然若失的不是没尝到酒枣的滋味，而是失去了让记忆"温故"的机会。

王村的笨枣树要比灵枣树多，我家里就有几棵，只是我家院子里的几棵笨枣树都不是我家的。分家时它们被奶奶分给了大爷家。奶奶住的房子后面有两棵笨枣树，我家猪圈外边也有两棵笨枣树——它们都是大爷家的。所以母亲为此极为不满。我们小孩子也常常会爬到树上摘笨枣吃，心里怯怯的，感觉像做贼。所以我们也极为不满，不明白自己家院子里种的树为什么不是自己家的。

笨枣体形近似于椭圆，成熟期比灵枣晚一些，它的口感是略糠略艮的，不如灵枣脆。笨枣适合蒸了吃煮了吃，晒干了过年时做蒸枣花的食材。

沙岗上长的也多是这种笨枣树，只是野生的笨枣枣肉不如家枣厚实，口感上也更"艮"一些。沙岗上长的野生酸枣也是皮薄核大的，更加酸涩一些。这是我们长久"打野食"得来的经验。

离我家院子最近的沙岗上并排长着两棵笨枣树——它们似乎没有归属，也没有哪家来声明拥有冠名权。这两棵笨枣树是我经常游戏的地方。我曾经被某根树杈扯破了短裤，吓得哇哇大哭。母亲也曾为了治疗我和弟弟脸上生的邪疮，求着三老奶剪了两个小红纸孩儿挂在它们身上——也不知道有没有灵验。

有一年秋天去东篱雅舍小住，早起山上散步时发现好多"野生"的枣树，有酸枣树，有笨枣树，树上结的果子要比王村沙岗上的好吃，于是几个人开始猛摘，边摘边吃，不亦快哉。后来被山庄里的两个管理员围追堵截，差点下不了山，才知道这些枣树并非"野生"。平生第二次做了偷枣贼。

而此时的王村，已然鲜见枣树了。我家院子里种的酸枣树、灵枣树、无名枣树，院子外种的属于"大爷家的"笨枣树，沙岗上的那些野生枣树，以及那两棵挂过红纸人儿的笨枣树，它们早都已经不在了。

/ 石榴记

年少时在学堂里读课文，有一篇写乡下风情的。写到作者有一次下乡，走到一座农家小院里讨水喝，院子朴素干净，刚刚打扫过的黄土地面，一棵石榴树上开满了火红的石榴花。石榴树下有一位老婆婆坐在那里用纺车纺棉花。或许还有初夏时节温爽的乡野之风。作者有没有表达，我不记得了。

我的院子情结就是那个时候落下的。而那棵石榴树则是根源。

我家也有院子。也有石榴树。只是院子大而杂乱无章，石榴树长在院子外。

我家的那棵石榴树长在院子外，门口偏左一点点，是我们小时候"爬高够低"的主要场所。石榴树能禁得住小孩子折腾，当然跟它"五大三粗"的身材有关，不但五大三粗，而且七枝八杈，这样才能容得下三五个孩子一起上树热热闹闹地"做大王"。

五月榴花红盛火。石榴花颜色热烈，却又性情安静，是我所喜欢的花。白乐天也喜欢："闲折两枝持在手，细看不似人间有。"小时候也折着玩，小孩子不懂得怜惜，折下来也不会欣赏，把那一片片的花瓣都揪下来，然后细细研究那刚刚成形的小果子。所以常常挨大人的教训，终于学会了怎样辨别什么是"谎花"。石榴开两性花，一种是"开花结果"的钟状花，一种是只开花不结果的筒状花——也有叫"荒花"的。我觉得"谎花"更形象——明明说好开花结果的，却原来是不兑现承诺的谎话。

倘若以花来比喻女子，我想石榴花应该是小家碧玉般的邻家小妹。面容明丽娇艳，品性端直沉静。倘若人间百花都有所对应的仙司，不知道有没有石榴花仙子之职。《镜花缘》里讲女皇帝武则天怒贬牡丹之后，百花诸仙子纷纷谪落人间。倒不曾详细解说内里含不含石榴花仙子，即使有，她大约也只是"位列仙班"的静默者吧。石榴仙子的标配服装是不是石榴裙就更不知道了，不过石榴裙确乎是唐代女子最热爱的服饰，所谓"红裙妒杀石榴花"，并由此创造出流传千古的典故：石榴裙下。

女子名为石榴的也不多见。电影《唐伯虎点秋香》里倒是有一个石榴姐，不过也是被恶作剧般丑化的一个无厘头角色。多年前读过一篇小说，里面有一个被大户人家收养的孤儿，起名为石榴，谐音"拾留"之意。其他情节大都不记得了，只是这女孩的名字印象深刻。

几年前认识一位写小说的女作家，笔名就叫安石榴。安石榴也是石榴的别名，除了叫安石榴，它还叫山力叶、丹若、若榴木、金罂、金庞、涂林、天浆，比我阔绰多了。

中国人热爱所有寓意美好的事物，"多子"的石榴也颇受宠爱。大约人们觉得成仙成妖都太过玄虚，还是把喜爱的事物常留身边才是最脚踏实地的真理，所以无论是寻常人家的小庭院，还是名流商贾的大宅门里，都会种上一二三四棵石榴树。

我在南辛街58号老舍故居院子里看到过一株雨后的石榴树，时令已过了仲夏，树上的石榴正年轻，青头青脑。抬头仰望，从带着露水的枝叶间能看见济南城淡蓝色的天空。我在万竹园的石榴园里看到过四株薄暮中的石榴树，古朴而壮硕，久经岁月洗礼之后的枝叶繁茂。其时晚风轻漾，石榴花正含苞欲放。

突然记起来新乡也有一个石榴园，很久很久以前曾经和三姑姑家的菊香表妹去过。只不过那是一条以石榴园来命名的老街，街道两旁种着的都是石榴树。石榴园的街名大约也因此而得。

石榴花是新乡市的市花。石榴园是新乡市的老街道。如今，市花还是市花，老街道已经不是老街道了，它已经消失于城市发展史的滚滚长河里。

我家的老院子也以同样的理由消失了。随之消失的是院子门口的那棵石榴树。我小的时候在石榴树上攀爬游戏，夏天折石榴花，秋天吃石榴子。石榴树上结的石榴个顶个的都不大，因为它既不是白马石榴，也不是怀远石榴，更不是枣庄石榴，它只是普普通通的王村石榴。王村石榴的味道是酸，是甜，还是涩，我已经记不得了。

/ 柿子红了

入秋之后，又去了一趟藕池村。秋光下的藕池水库消瘦了许多，呈现萧瑟之相。附近的几处农家乐也被拆得踪迹不见。

幸而，千条沟的柿子红了。

上次细雨中进山看到的那截朽木，依旧安静地躺卧在原地，周遭的野草漫漶，在秋日阳光的照耀下色彩斑斓。夏天时的满川翠色已幻化成一片赤橙黄绿。

柿叶红时独自来。白乐天比我孤单。——我们三个人站在一株柿子树下看柿子，柿叶没红，柿子红了。看着看着就想伸手够一个来吃。低处的柿子没有完全成熟，吃起来是涩的，涩得连舌头都伸不出来了。高处的柿子熟透了，自己掉下来，摔到草丛里。摔得狠的，稀烂一堆，像红艳艳的颜料。摔得轻的，虽没有粉身碎骨，也是毁了容，七扭八歪的，满腹委屈。

中秋节回王村，母亲说："我还给你放（藏）了一个柿子。"拿出来一看，熟得过了头，软得拿不起，只能放进碗里喝了。真甜。这枚柿子是院子里种的，父亲嫁接的品种。

小店北街142号院子里原来也种着三两棵柿子树。第一年挂果时纤细的树干都被压弯了。后来奶奶去世时砍掉了一棵。再后来公公去世又砍掉了一棵……如今或许已经没有了。

——甚至连院子也已经荒废很久了。

我小时候的王村，也有过成片的柿子林。出了家门口，一直往南，走到王村南头，就能看到。那是三大队种的柿子树，所以和我没有一丁点关系。每年秋天，我眼睁睁看着它结满了红彤彤的果实。

后来母亲开始舍得拿粮食换柿子给我们吃，三大队那片柿子林已经不在了。有外村种柿子的果农骑着车子带着两只箩筐走街串巷地吆喝着换柿子。

有一年收秋之后，母亲高兴，又换回来许多柿子。我贪吃，午饭前吃三个，午饭后又吃三个，差点得了胃结石，疼得在床上打滚了好久——我的喜欢吃柿子可见一斑。

冬天的柿饼也爱吃。朋友老家在南部山区，秋天里山货丰收，核桃柿子花椒红山楂，常常会馈赠一些。秋天里送新鲜的大盆柿（有一年冬天里竟然送过来一些冻柿子——把新鲜的柿子冻进冰箱里，吃的时候拿出来一枚化冻之后慢慢啜饮，别有一番风味），冬天里送自己家制作的大柿饼。每颗柿饼上都结着一层晶莹的白霜。可是我也不敢多吃。

小店的奶奶在世的时候，每年的冬天都喜欢吃泡柿饼。把一枚柿饼用开水泡了，像喝茶一样慢慢喝。至今我都不知道这样的吃法有什么神奇功效。

小店的奶奶瘦小枯干，一辈子饮食寡淡，尤其喜欢吃糊涂面条，她活到了九十二岁。王村的奶奶白胖富态，爱吃甜食，常常半夜里睡起吃香蕉苹果，早饭永远都是冲两枚鸡蛋的鸡蛋水，加一大勺白糖，一大勺麦乳精，再泡进去两块鸡蛋糕。走路睡觉都是呼哧呼哧地喘，她活到了九十岁。

所以，人的长寿秘诀没有定法。唯一的相同处就是她们吃柿子都喜欢拣软的捏。

白石老人喜欢画柿子，爱不爱吃就不得而知。他的柿子画很多，活到八十八岁时，还画了一幅《五世分甘》，近九十时又画了一幅《六柿图》，比南宋牧溪的《六柿图》鲜艳活泼，说明他人老心不老，一直活到了九十三岁才驾鹤仙游，比我的两位奶奶都长寿。可见捏柿子的到底不如画柿子的。

我想好了，等自己活到八十八岁时，也去学画柿子。

/ 紫藤上开着葛花

从前，我家老院子的东邻，隔着一道土院墙，外面就是沙土岗。在这段沙土岗上除了几棵细而直的槐树外，还有两种主要的植物品种——蜜蜂棵和葛藤架。

蜜蜂棵是灌木丛，长在悬崖边——沙岗上的土被我们日日夜夜地拉走用作沤制肥料和盖房铺路的材料，以致它的坡度渐呈陡峭的"悬崖"状。

蜜蜂棵春天里开出细碎的淡紫色小花，浓香流溢，惹得成群的蜜蜂嗡嗡嗡嗡地缭绕其间。而我们几个小孩子也喜欢到沙土岗上面玩，跑到蜜蜂棵丛里玩捉迷藏——所以经常被蜜蜂蜇。

一旦被蜜蜂蜇了，没别的好办法，只好哭着去寻求母亲的救援。母亲的治疗方法简洁明了——先用针尖拨出蜜蜂刺，再吐口唾沫消炎止痛。幸而我们没有对蜂毒特别过敏的。经了母亲的"治疗"，到第二天，身体上被蜇的地方红肿渐消，只留下一个针眼大小的红点，是那只生命已经完结的蜜蜂留在世间的最后印信。

葛藤架在蜜蜂棵的北边，它是高高在上的，长得疏朗有致。花期和蜜蜂棵不差前后，也有蜜蜂从蜜蜂棵那边飞到葛藤架上，去嗅一嗅初开的葛藤花。

葛藤，是王村人的叫法——葛藤即紫藤，我是以讹写讹。紫藤花在王村有另外一个简朴的称谓——葛花。虬枝上的葛花开得热烈，呈现出一种中国水墨画的美感。

中国画里画藤画得好的，自青藤老人之后，名家有吴昌硕和齐白石。齐白石在其画作《藤萝》上题有"青藤老屋昔人去，三百年来耻匠兴"，大有比肩之兴。白石老人晚年所画紫藤龙蛇飞腾，洒脱不拘，意象高古，确非一般。不过我更偏爱吴昌硕所画紫藤，其画风更为奔放恣肆，扑面而来的野趣之美。

紫藤生长在乡野之间，确乎是自由奔放的。母亲为它搭建了可以攀缘的凭仗之后便不去管它，任它自顾撒欢去了。但是在我的记忆里，这株紫藤也并没有发展得怎样壮观繁茂。它是懒散的，不思进取的，只是每年春天里按惯例开花散叶，完成既定的使命。

紫色的葛花一大串一大串悬垂于枯青色的藤条上，常常被我们摘下来当玩具，也做成颈项间装饰的花环。葛花是可以吃的。在葛花还是一串串紫灰色花苞的时候，我们就被母亲吩咐，挎了篮子去采摘。这时候的葛花不叫葛花，母亲叫它们"小老鼠"。这个名字得到我们的一致认可和喜爱——葛花的花苞毛茸茸的，颜色也偏灰色，果然像极了一只只可爱的小老鼠。

我们家吃葛花只有一种——蒸葛花。小时候吃的蒸葛花什么滋味已经不记得了。有一年清明节去常州小住，小区里有好几个紫藤架，开满了紫色花朵。有一天晚上趁着夜色去偷摘，结果发现已经有人捷足先登，只好空手而归。第二天晚上又寻得一处才算完成"偷花"大业，其实也战果了了，拌了面粉上笼蒸熟之后，也就一盘子而已。端上餐桌请众人享用，爱吃者略略一解相思，不爱吃者满足一下好奇心。什么滋味已经记不得了。

紫藤花是乡野之花，也是大雅之花。小时候不懂得美好之物最适宜欣赏，不可捉弄，闲暇时常常在藤条间上下游戏，摘叶捋花，不亦快哉。

王村的紫藤，除了我家沙岗上这一株，大爷家院子里也有一株，红家的后院也有一株。我常常去找她玩，和她的几个堂姐妹在紫藤架间游戏玩乐。大爷家的紫藤却是长在被用作绵羊圈的岗凹上，和一些杨树槐树笨枣树纠缠在一起，成为我们无聊时光里的探险之地。

城市的公园里都种植有紫藤架，作为必备的观赏之景。几乎一律用水泥支柱，或直或曲的短廊长廊，年年春天紫藤花开得华丽壮观，美则美矣，少了野性。

柳埠森林公园里的青龙潭畔也长着一株藤，不知其名，但是——设若它是紫藤，每年春来花开该是多么美丽——那满山满谷的紫色云朵！

我们去时都在夏日，其时它已经花落叶盛。它大概有几百岁了，盘根错节，虬枝缠绕，藤条粗可比树。其形状恰如白石老人画笔下的"龙蛇交影并飞腾"。

王村的那株紫藤若活到现在，大约也略具"飞腾"之风姿了。

/ 楮桃之桃

在王村，但凡有院子的人家，多少总是会种几棵树的。但是在院子里种一片树林的却不多见。比如我们三家。

我们三家，指的是我家、大爷家和小叔家。我们三家位于王村的最东头，毗邻大沙岗。这样的位置作为宅基地并不算好的，所以政府格外开恩，允许我们三家的院子大了许多——其用意大约是让户主用来种好多树以防风固沙，保护家园。后来拴柱叔家在紧靠沙岗的地方盖了一座房子，来不及种树，春天夜里起大风，早上醒来发现房子就被沙土埋了半截。

大爷家的院子里种的是一片杨树林。杨树是大叶杨，叶面是深绿色的，叶背泛着白色的细绒毛。树干是青白色的，点缀着美丽的树疤。大叶杨一律身姿挺拔，直上云霄。风一吹，树叶哗啦啦地响，仿佛当空驶过千军万马。

我家的也是杨树林，它们长在我家的东院里。没有大爷家的面积大，也没有大爷家有气势。我家种的是小叶杨，杨树的树干也是细瘦羸弱的，就连秋天在树林里搂落叶，也没有大爷家树林里的落叶多。大爷家树林里的落叶多而厚，有时候和堂妹用竹耙搂上一堆，小山似的，很是壮观。于是我们俩便一时兴起，四只脚齐齐跳上去狠劲猛踩，尘烟升腾，高耸的山头一霎时便塌方溃陷了。

小叔家的树林里槐树居多，杨树寥寥。不知道平时过日子擅长精打细算的小婶为什么会允许小叔种这么多不成气候的槐树。槐树旁枝斜蔓，比杨树的遮蔽性更强大，所以——小叔家的槐树林虽然不大，却更具有森林的神秘气息。

我经常要去大爷家找堂妹玩。每次为了走捷径，都要穿过小叔家东外墙的那片槐树林。在后来的许多个梦境里，我都会看见自己踽踽独行在那片树林里。梦里的树林幽暗，曲折，走着走着便迷失了方向。

——直到看见那棵楮桃树。

楮桃树长在小叔家的外院里。小叔家有两道院子。里院和外院。里院住人，外院养猪和种树。里院的门是木门，外院的门是寨门。大多数时候，我穿过树林，穿过小叔家的外院，搬开寨门，就直接到了对面大爷家寨门外。大爷家的寨门高大而又沉重，上面布满了扎人的铁葛针，我人小力气小，无处下手，也没办法搬动，只能高声呼唤大爷家的大人过来帮我打开。所以每次去找堂妹玩也不是一件容易的事。

少数时候，我穿过树林，会停留在小叔家的院子里。小叔家有两个堂弟，我也会和他们一起玩。有时候三四个人，有时候五六个人，在槐树林里玩捉迷藏，玩两军打仗。有时候他们都不在家，我和堂妹又实在无聊，两个人就站在小叔家寨门的横木上荡着玩。

后来，楮桃树上的楮桃成熟了。所有的小孩子都聚集到了树下。

小叔家的楮桃树长在槐树林之外的空地上。它高高在上，树干直溜而又光滑，摘一片叶子，叶柄处会流出浓白的汁液，黏人的手。不单单是叶柄，它的浑身上下破损处都会冒出浓白的乳汁出来。

这种学名叫构树的树，王村人叫它楮桃树，大约是因为它的果实。据说这种树有雌雄两种，雄者树皮有斑，无丫杈，只开花不结果，叫谷树。而雌树无斑，结果。它的果实，确切来说并不像桃子，而是状似南方的一种水果：杨梅。怪不得它有"假杨梅"的别号。其实也只是它的青果像杨梅，当果实成熟，球形的表面会像花朵一样绽开来，变成一个鲜红色半透明的刺球，一根根红艳的小刺上都顶着一粒黑色的小籽，吃进嘴里有嘎吱的轻响。而它的小刺，绵软爽口，酸酸甜甜，是小孩子们的最爱。不过上火烂嘴角或口腔溃疡是不敢吃的，会蜇得你刺啦刺啦地疼。

夏末秋初，楮桃成熟，我们都会围拢在树底下，仰着脖子等。等身手麻利的哪位光背赤脚大侠哧溜哧溜爬到树上去，摘了果实扔下来，我们好抢了吃。我始终是"仰着脖子等"者——小叔家的这棵楮桃树长得太高了，我从来没有爬上去过，总是堂弟这些男孩子爬上去负责采摘。摘下来的果实已经熟透了，等它被裹了树叶落到地上时，有的就被摔得血肉模糊了。等在树下的急不可耐，连烂了嘴角的也急不可耐，忍着痛苦也要吃。我们用牙齿把那些酸甜的刺球啃光，每一张小嘴上都像乱涂了口红似的耀眼。

最好吃的楮桃都被乌鸦吃掉了。那些个长得黑漆漆的家伙，它们比我们下手更早更快，楮桃树上的果实往往有三分之二都是它们吃掉的，啄得只剩下残核挂在那儿。有时候它们恶作剧，只啄一半，隐藏在树叶间，引诱我们去摘，等摘下来才发现上当了。舍不得扔，于是和乌鸦分食，啃光剩下的一半。鸟儿自然是聪明的，这枚果实是最甜的。

后来这棵楮树被小叔刨掉了，不知作了什么用途。是不是小婶授意小叔刨掉的呢？她大约是不喜欢我们成天围着她家的树打主意的。楮桃树被刨掉的那天我去看它，眼睁睁看着它轰然倒地，树叶哗啦啦落下来，有浓白的汁液流出来。那是楮桃树的眼泪。

许多年后我在济南的英雄山看到过像灌木似的小楮桃树，它的上面结着几颗寂寥的红果子。后来回到王村，在残留的沙岗上也看到过像灌木似的小楮桃树，它的上面也结着几颗同样寂寥的红果子。摘一颗尝了尝，不复有当年的味道。

突然很想念小叔家院子里的那棵楮桃树。

/ 桑葚

前几年在一家水果超市，见到大大的紫桑葚，还是平生第一次。紫是黑得发紫的那种紫。这种紫桑葚吃到嘴里，口感不是我所喜欢的，是不含一点酸感的甜，腻腻的。

山东地界大约都是这种桑葚，去年端午去莱芜的房干村玩，九龙大峡谷里也有几株桑树，高大的桑树——从前我以为桑树是灌木（所以读课文时无法理解"鸡鸣桑树颠"是何种景象）。

高大的桑树上有零零星星的紫桑葚——有一些已经被摘去；有一些掉落地上，染得树下石头台阶上一片一片的深紫色。桑葚的汁不小心弄到衣服上，是洗不去的。

我小的时候只吃过野桑葚。红颜色的野桑葚。它们长在低矮的灌木状的桑棵上。那丛灌木桑长在菜地西边高岗上我家麦地的地头上。麦地也是阶段性的称谓。有一个阶段它也叫花生地，红薯地，棉花地，玉米地——要看它当时种的什么。

不过每年桑葚成熟的时候，这块地始终都叫麦地。那丛灌木桑长年累月驻扎在那里，春天里发芽，初夏时结果。我庆幸着它长得这么矮小和不引人注意。当它结出淡青色的小刺果时，我就开始惦记着它何时能变成淡红色。成熟的桑葚是淡红色的，水灵灵的红色，掩映于绿色的桑叶间，漂亮得很。

成熟的桑葚吃到嘴里是酸中带甜的，果皮上那些细微的小肉刺，牙齿咬上去会有点抗拒感——会让人想起吃楮桃树上红色浆果时的感觉，只不过楮桃树的果实更酸一些。

桑之未落，其叶沃若。于嗟鸠兮，无食桑葚。人生当中，让人留恋不舍的何止爱情。

/ 秋气弥漫

甲午年的夏末秋初回到王村，堂妹带我去地里掰玉米。

——可以吃了吗？

——有些早熟的可以吃了。

可是她在高大茂密的玉米地里钻来钻去的，找不到几个"果然"可以吃的，实在没法，就去邻居地里偷了几个。后来我们离开玉米地回家的途中，她的邻居打电话来问是不是掰了他们家玉米。

今年夏天母亲收了最后一茬麦子后，我家就再一次失去了土地，二十多亩地全部承包了出去，只留下菜地的三分地，母亲不种菜，只种了一些花生。

临走的前一天下午，母亲说："我去地里给你刨些花生带走吧。"

鉴于玉米的教训，我再次表示怀疑：

"可以吃了吗？"

"应该可以，我去看看。"

黄昏时分，母亲从地里回来，拉回来一堆青绿色的长势苗壮的花生秧，根部挂满了白花花的大大小小的果实。颗粒倒是很饱满的，母亲说这是可可从她洛阳的娘家带回来的种子，果实小却粒粒饱满。可是父亲却很心疼，还没长到时候就拔了。

我在越来越昏暗下来的院子里，和母亲一块儿摘花生。这是最近几年我们之间难得的亲密时光。母亲长年在家里操持家务，脱开身来济南的时间越来越稀少，即使来，我也因为这样那样的忙，疏于和母亲进行交流。母亲对此颇有不满。

后来每次回王村，母亲都要谆谆教诲：不要老是用电脑了，浪费那么多电有什么用？

我诺诺。想起小时候每天晚上母亲到我的睡房外高呼："赶紧睡觉！老是点灯熬油有什么用？！"

这么多年过去了，可见我是多么没出息的孩子。

摘光了花生的花生秧被母亲抱起来扔到一边。它们还是年轻的，浑身充满了正在生长的蓬勃的秋气。是早秋之气，而非暮秋之气。下午的玉米地里也是这种旺盛的秋气。

我最热爱的春天和秋天，它们的气息都是浓郁的，一个是万物生长时的勃发，一个是万物成熟时的安详。都是令人动容的、入心入魄的大自然的气息。

夜里出去到田间走走，弦月高垂，四野无声，唯有秋风与虫鸣在耳畔来去。赤足坐于田垄上，沉默不语，愈来愈浓的秋气弥漫四周，让人不舍得离开。

故物记

那个时候，人们都穿布鞋，自己做衣服，要纳鞋底，要织布纺棉花，要自己学着酿醋吃。那个时候，人们都吃井水，一只水桶「扑通」一声扔进深井里，晃啊晃的。那个时候，人们在寒冷的冬天喜欢坐在煤火台上说闲话……

/ 麻绳记事

在王村，每家的院子里都会有一个粪坑的存在。在化肥还没有普及并成为主要施肥原料之前，庄稼地里的庄稼要全靠粪坑里出产的绿肥来补充营养。每年夏天的时候，我们都要沤粪。从沙岗上拉来一车车的黄沙土，一层沙土一层麦秸，铺满整个粪坑。最后灌上水，让它们在阳光下自由发酵。半个月左右的时间差不多一批绿肥就可以成熟出坑了。

粪坑里的水大部分时候是不用人工灌的，夏天下大雨，院子里的水会自动流进粪坑里，蓄存起来。不积肥的时候，粪坑里的水满当当的，漂着浮沫，冒着水泡。这时候母亲该泡麻秆了。

麻秆是我们从野地里薅的，一大捆。所谓的麻秆其实是一整株连根带叶的植物，我们称之为"大麻"，学名或者应该是苎麻。它的叶子常常被我们摘下来包红指甲，它的果实长相秀美，可以拿来印制月饼胚上的花纹，里面的白色芝麻似的麻籽不苦不甜，常常被我们当零食吃。

我们把麻秆堆放在粪坑边上，母亲开始往粪坑里泡，按照一层一层的顺序沉进看不见的水底。麻秆都泡进去之后，粪坑里的水往上漫了。我便坐在粪坑边上看那水面上冒起的一个又一个气泡。母亲说，那叫沼气。那时候母亲还不知道这东西还能生火做饭（后来乡下建了许多小型沼气池，我回家的时候用过几次，纯蓝色的火焰。只是火力不是很足，不能用太久）。

大约过了一个月，母亲说，好了，差不多沤烂了。于是我们把粪坑里的麻秆用铁齿的抓钩打捞上来。果然沤烂了，麻秆变成黑的了，散发出一股植物腐朽的臭味。

母亲把麻秆的皮撕下来，洗净，晒干，搓成麻绳，就可以纳鞋底了。晾在铁丝上晒干之后的麻绳是棕黄色的，丝缕分明，薄如纱帛。一拉一扯韧性十足，拧成一股之后很是结实。这是最原始的民间制造麻绳的工艺。我经常做母亲的助手帮着她把麻胚拧成麻绳。后来生活好转之后，有闲钱可以去集市上买成批的麻绳了，母亲也就不这么辛苦麻烦地自己制作了。

而用来沤制绿肥的粪坑，也随着化肥的盛行消失了。

/ 煤火台上

　　煤火是曾经流行在豫北乡下的炊暖用具，有时候我们会称它为煤火炕，但是它和东北的大炕是不同性质的乡间产物。

　　过了深秋，刚刚入冬，每一家都有一件重要的事务要做。新盖了房子的，要盘一个新煤火。有旧煤火的，也要在冬天启用之前把旧煤火"套一套"。这是头等大事，关系到整个冬天做饭取暖工作的正常进行。

　　煤火通常是会盘在堂屋当门（所谓客厅）的东窗户或西窗户下。这样它的高度就会有一个实际的标准，那就是人的屁股坐在窗台，腿放在煤火台上正合适。长度呢，也会有一个实际的标准，那就是从西山墙或东山墙起，至大门门口止，正好留一口水缸的位置。

套煤火是比较简单的修葺工作，就是检查一下炉膛，把去年"通火"（正常的叫法应该是"火通"，不知道为什么王村人颠倒起来叫它）捣掉的膛壁再用麦秸和的黄泥抹一抹，炉齿掉了的，再安上去。保证今年使用时不漏风，不漏炭火。

盘煤火就是比较复杂的完整建筑工程了。盘煤火用的是那种在夏天就已经脱好晒干的麦秸和黄泥混合而成的大土坯。盘好之后再用纯粹的黄泥光光地涂抹一下。就像后来的水泥粉刷一样。这种黄泥黏性很好，是从地底下很深的地方挖出来的。想当年，家家户户盖房用的砖都是这种黄泥打成砖坯烧出来的。

说是黄泥，也不确切，因为它的颜色应该是偏红的褐色。

在煤火的台面上，正中央是煤火口（灶口）——烧水做饭之处。在离煤火口很近的地方，偏左一点或者偏右一点，靠近窗台，通常会安置一口微型的小水缸，我们称之为"温缸"。里面添上凉水，煤火的火力会将里面的水烧热，甚至烧得沸腾起来。这热水可以作做饭洗漱洗衣等等之用。

在煤火台对应灶口的正下方，有两个洞。最下面那个出口在地面上，是出煤渣的通道。上面那个正方形小洞，功能等同于风口。生煤火的时候，拿扇子扇风，这是进风口。如果平时煤火不够旺，或者太实了，火出不来，拿通火插进去上下左右摇上一摇，让风有缝隙可以进去，火苗一会儿就蹿上来了。

在煤火台的左右下方，各有一个大而阔的洞。一个放置"和（搅拌）煤"的煤池，一个可以堆放杂物。

有些人家的煤火台，还要另外开两个小洞。它们在煤火台左右偏上方，靠近灶口的火力范围。它最奇妙的功能是可以当纯天然的烘箱用，在里面焙馍片。夜里把切好的馍片放进去，清早拿出来，已然是焦崩崩的了。当然，它也可以焙棉鞋的鞋垫，清早去上学，穿上去热乎乎的，可以暂时性地抵御严寒。

大多数时候，馍片会直接放在封了火的煤火口周围。这样焙出来的馍片更加焦脆生香。大寒的冬日清晨，我们要赶去学校上早自习，可以一边赶路，一边嚼着热乎乎的焦馍片，嘎吱嘎吱响，像几只神经错乱早起觅食的小老鼠。

无数个寒冷的冬日，从学校回来，进了屋门，都是直接奔煤火而去。而此时，母亲会赶紧迎上来，握着我冰冷的小手，催促着说"赶紧上煤火"。每天上完早自习之后回家吃早饭，几乎都是在煤火上吃的。端着饭碗的手，年年都要生冻疮，被火苗烤着，痒得难受，不过冻僵的感觉慢慢缓和过来。一顿饭下来，里里外外都是热乎乎的了。

就连读书写字也是坐在煤火台上。就着一盏洋油灯，写老师布置的作业，预习功课。拉着长调念课文。母亲通常会纳着鞋底陪我，我坐这头，母亲坐那头。有一次我歌兴大发，扯起嗓子把会唱的半截子歌曲和戏词全唱了个遍。唱的时候，看见父亲和母亲相视而笑，而后又同时看着我笑。这是我记忆里难得一遇的温暖场景。

冬日无聊之时，我常常去别人家串门。去大娘家找堂妹，去兵叔家找珍，去假奶家找红……或者是去走亲戚，大姨家，姥姥家……进了屋都是要坐在煤火上的。煤火上暖和，是寒冬里屋子里的上坐，有客人来，是要让给客人坐的。我自然是客人，也是最怕冷的客人。

老人们在冬天里更喜欢煤火。奶奶轮到我家来住的时候，几乎是一天不下煤火的，除了上厕所、睡觉的时候，一日三餐都在煤火上吃。一张圆形的用玉蜀黍裤编制的垫子（我们叫它"飘"），是奶奶一冬天的座椅。奶奶坐在上面，盘着腿，除了吃饭，就是唠嗑、打瞌睡，然后回床上睡觉，像一尊冬眠的坐佛。

冬日清闲。你去别人家，推门进去，就会看见一伙三四个人，或者五六个人，上上下下围着煤火。聊天，玩扑克。

吃着瓜子花生，它们的壳扔得满地都是。这种热烘烘的场面过年时尤其常见。

我喜欢在寒冷的夜晚，或者阴云欲雪的下午，坐在煤火上读书，或者和相好的伙伴在一起，闲聊，谈心，或呆坐。冬天里常常要剥花生，一边剥一边抓一把放到煤火口上焙着吃。有时候还会在上面爆玉米花吃。那样的时光懒散而又无忧虑，现在想想也是一种美好。

小时候最喜欢过年。大年三十晚上吃母亲捏的扁食，白萝卜猪肉馅，有一种深沉的年味在里面（这种感觉根深蒂固）。坐在煤火台上，看母亲掀开锅盖，推那些排成圈的白扁食下锅，看着它们一个个白胖的身体在水汽缭绕的锅里翻滚着，心里激动得很。

坐在煤火台上守岁，常常是守着守着就躺倒在母亲怀里睡着了。煤火温暖，睡梦里大人的话成了背景。窗外有鹅毛大雪扑扑落下。

门框上大红的春联说，爆竹声中一岁除……

/ 岁月是醋

土方法酿造出来的醋，应该称土醋吧。母亲手巧，且勤劳，会做许多活，酿造土醋是其中之一。

在我的小时候，吃饭吃菜，当中用来调味的醋都是这种土醋。这种醋味道纯正，香醇，现在已经吃不到了。

每年的初冬时节，母亲都要酿醋。

红薯是新下的，入水洗净之后，鲜嫩鲜嫩的红皮肤在初冬阳光的抚摸下，绽露出幸福的光芒。间或有擦伤处，白的内瓤显出来，越发衬出红的娇艳，像不小心走光的处女羞红了脸。最后一大地锅煮出来，全捣成了糊糊。美女已不复存在矣。

在煮红薯之前，要先把酵准备好。所谓的酵就是熬一大地锅玉蜀黍糊涂，把醋釉掰碎了放进去，再放一些蒸馍用的酵饼，搅一搅，然后静等它发酵。在等待发酵的过程中，还可以把每次吃剩的糊涂倒进去，搅一搅。继续发酵。

醋粬是在夏天就做好了的。把麸皮像和面一样和成一块方方的、厚厚的土坯样，用麻叶包裹了。然后用麦秸秆焐起来，一星期左右的时间就发酵了，拿出来在太阳底下晒干。

煮熟的红薯是和许多糠捣作一处的，盛在一个长圆形的大簸箩里。搅拌均匀之后，把它们倒进缸堡里（半截形状的缸），再倒进去已经发好的一大盆酵。这便是酿醋的原料——醋渣了。

盛醋渣的缸堡是放在煤火坑上的，高温可以提高发酵的速度。当然，如果煤火坑不够大，就放在地上，用许多麦秸堆一个温暖的巢出来，把缸堡放进去。

醋渣发酵的过程大约需要半月。母亲每日都要翻搅两遍，防止它变坏。醋渣"熟"得好，酿出来的醋就醇正。是否发酵成功是有标准的，掀开盖在上面的塑料布，一股浓浓的醋味扑面而来，再用手捻一撮来放进嘴里哑一哑，感觉不苦不涩了，这就说明发酵工作到此结束，可以进行下一步工序了。

下一步工序就是淋醋。准备三口大缸。是专门淋醋的缸，因为每口缸的侧底部都有一个孔。把几根高粱秆插进孔里，插严实，酿好的醋水会从缝隙里流出来。

三口大缸一字排开，斜支在两条长凳子上。每口缸里分别倒进同等分量的醋渣。先倒一桶水（或更多，量醋渣多少而定）到第一口缸里，缸下放一个大而敦实的红琉璃盆。开始的时候，醋水唰唰而出，慢慢地，流量便减少了，像滴答的雨声。

　　当雨声终止的时候，把这盆醋再倒进第二口缸里。依此，当第三口缸里的醋也淋完后，头遍醋就酿出来了。头遍醋是最好的醋——被称为"头醋"。只是用鼻子一嗅，那纯正的酸味便立马沁入心脾，精神都为之一震。如果喝上一小口，会酸得打哆嗦的。

　　头遍醋淋完之后，再淋二遍醋，三遍醋。三遍醋淋完，整个酿醋工程就结束了。

　　母亲的醋酿下来大约需要一个月的时间。可是在我的记忆里，那酿醋的香气却弥漫在整个漫长的冬季。

　　冬日午后的阳光暖暖的，懒懒的，穿过那两扇敞开着的旧木门，斜斜地照进老屋的黄土地面上。在那道不规则的光线里，有细微的尘埃在轻舞。老屋是寂静的，像古寺，却又泛着生活的原味。在这寂静的深处，醇香的醋汁一滴一滴跌落下来，"啵"的一声，然后停顿几秒钟，又"啵"的一声，清亮剔透，像古寺廊檐上挂着的雨滴，穿过苍茫的时空，滴落在看似无限的光阴里。

/ 水井的多种功能

村子里有三种井。专供生活用水的大井——后来被自家打的压井慢慢取代。地里专供浇地的机井。

柳梭爷家门口有一口大井。几乎半个村子的人都要到这口大井里取水用。夏天的时候，女人们直接把衣服搬到井边去洗，边洗边说闲话。男人们有时候也会去凑热闹。井边俨然成了一个休闲娱乐场所。

井的旁边有三间土坯房，原来是三大队的草料房，后来废弃了。紧挨着房子的北山墙是一个大水坑。大水坑很深，当天气久旱无雨，大水坑里的积水被慢慢蒸发完以后，我们会跳到坑底去揭那些被太阳烤得起了皮的硬泥巴坑。

在我上到小学五年级开始学骑自行车时，有一次刚刚在村南的空麦场里学会骑大梁，回家时骑着车子从南往北一路下坡，直接就冲到了大水坑里。幸好当时是旱季，水坑里是干的。可是我连人带车躺倒在坑底死活爬不出来，只能坐等救援。

王村的地势，在我家住的东头是北高、南高、中间低。大水坑正在低处。有一年连续下大雨，水坑里的水都漫了出来，街道的路面也都变成了水路。我们出门要路过大水坑时，都远远地靠外沿过去，生怕一不小心掉进去。如果非要从山墙和大水坑中间过去，也是亦步亦趋小心翼翼。逢着下雨路滑时，还要两只手抠着墙体慢慢移动。我是不会凫水的，而且水还那么脏。下雨下得频繁的时候，谁家的一头小猪崽一只老母鸡也会走迷了路掉进水坑里被活活淹死。

我对大水坑的记忆如此深刻，以至于后来做噩梦会经常把大水坑设置为重要的场景——我不小心掉进了大水坑……许多人都掉进了大水坑……大水坑里出现了淹死鬼会扯着人的腿往水里拖……醒来后心有余悸。

相对于巨大而具有危险性的大水坑，我更喜欢它旁边的水井一些。虽然水井更深，不小心掉进去更是爬不出来。可是我喜欢趴在井沿上看井底深处那暗色的水波闪动，更喜欢看一只水桶被绳子吊着晃晃悠悠地落到井底，又晃晃悠悠从井底升上来。

当我的个子高到能挑起水桶的时候，母亲终于派我去井里挑水了。出了家门，往南走几步下坡路（远远地离开大水坑），就到了井口。从井里往外打水是需要大人帮忙的，一根粗绳子吊着水桶往下探，一直探到水面上，趁着手劲顺势左右摆动，空的水桶就会很听话地咕咚咕咚喝水进来。大人可以让水桶喝满才捞上来，我个子小，只喝半桶就够了。而且，刚开始没经验，掌握不好平衡，半桶水也挑不好，走起路来踉踉跄跄，晃晃悠悠，水桶也跟着晃，桶里的水就会溅出来。路过的大人有时候会停下来把我当"玩把戏的"看，看完以后哈哈大笑地走开。

有一年我们家准备盖新房，盖新房之前要做好准备工作，烧砖、淋灰是两大项工程。灰是土灰，是相对于后来出现的洋灰（水泥）叫的。

淋灰都是手工作业。先从山里买回来一大车石灰石，用作淋灰的素材。然后择一个良辰美景（风和日丽），还要邀请一些亲朋近邻过来做帮工。

淋灰之前要挑好多好多水，泼在石灰石堆上，让这些大大小小的石块在清水的作用下噼里啪啦碎裂开来，最后变幻成细碎的白色粉末。石块在自行粉碎的过程中会释放热量，整个石灰堆在阳光的照耀下向上升腾起袅袅的热气——仿佛一座仙山。只不过这座仙山的热度是极高的，你拿过来一枚生鸡蛋，或者一块生红薯，挖个洞放进去，不一会儿工夫再拿出来，就可以吃了。只是味道不是太好，有一股生石灰气。

石灰石的粉碎工作一般会持续一个上午，正式的淋灰工序要放到午饭后进行。淋灰用的大坑也是安排在上午就得挖好。

淋灰的分工是很明确的，哪几个负责运送粉碎过的碎石灰，哪几个负责站在大坑旁边"淋灰"，哪几个人负责泼水，哪几个负责挑水——我就是负责挑水的人员之一。

我那个时候年纪尚小，十二三岁，刚刚上到初中，刚刚学会比较熟练地挑水。我们家淋灰的那天，我跟着大人们一起卖力地挑水，在水井和我家之间的路途上洒下辛勤的汗水和井水。后来累得扁担也被挑断了，"咔嚓"一声，一群干活的人都快乐地大笑。

除了村东头的这口生活用水井，围绕着王村的每一块田地里也都会有一口浇地用的水井。浇地用的水井有像村里这样的大口水井，也有小口的机井。机井，顾名思义，应该是机器打凿的井吧。

机井井口狭小，人也跳不进去。它的主要功能就是装上抽水机浇地，没什么好玩的。趴在井口扔进去一块小石头，隔半天才能听到"扑通"一声闷响，连水花也看不见。

好玩的是四大队菜园的大口水井。夏天的时候，装上柴油机抽水浇菜地，"突突突"的轰鸣中，井水从阔大的黑胶水管里喷薄而出，一霎的工夫，水池里就被灌满了，然后再由水池的开口处流向环绕菜地的小水渠。小水渠被高大的繁茂的野草包围着，流水潺潺，缓缓向前，小孩子闲得无聊，常常会跟着第一股水流，低头观察它的走向和波流变化。看着它一路过去，吞没了渠里的小石块，杂草，旧树叶，几只蚂蚁，然后一路逶迤，流转到各家的菜地里。

当小渠里的水流顺畅而丰沛的时候，我们会用废旧的作业本折几只小船，放到水面上，让它们顺流而下，然后一路追随，看谁的小船会最后沉没。现在想想，这样的娱乐方式也可以解读为另一种形式的乡村儿童版的"曲水流觞"吧。只是我们都不会读诗，只会瞎玩。

去菜地里摘菜，水井里正汩汩地喷涌着，顺手洗一根黄瓜吃。谁家的西瓜地里摘一个西瓜泡进水池子里，不一会儿打开来就变得沁凉舒心。去地里打药薅草的人，忘了带水，就跑到水井边，伸手掬一捧清水喝，也不会闹肚子疼。

菜地水井在冬天里是安静的，没有菜地浇了，冬小麦也不用浇。它成了闲置品。我们小孩子有时候会跑过去玩，拿一块小瓦片丢进去，看谁的声音响，然后几个脑袋趴在井沿上观察井底水纹的激荡。

有一年冬天里这口水井很是热闹了一阵。

话说那天早饭时，父亲和哥哥因为什么吵了起来，父亲一般不动怒，哥哥那次大约是真激怒了他，父亲抄起一根柴油机上的三角带就开始打哥哥。哥哥疼得又叫又跳，哭着跑向东地。父亲在后面紧追不舍。我们也跟在后面跑。不是为父亲呐喊助威，而是怕父亲把哥哥打死。

没想到哥哥是要去跳井。他一路勇往直前，跑到了菜地的水井边。哥哥说他不活了，要跳井自杀，让父亲后悔一辈子。可是他没有直接往井里跳，而是拉着吊在井口的井绳沿着井壁往下滑。我们站在旁边不知所措，父亲站在旁边不再举起三角带，而是大声怒斥："你有本事跳下去呀！"

哥哥没有听他的话，依然一边哭一边往下滑行。还没滑下去多深，大爷家的二堂哥闻讯赶来，一伸手就把他拽了上来。

这口水井终于如释重负。

/ 纺花车与织布机

到我长到十几岁的时候，冬日无事，被母亲逼着纳过鞋底，说成天不学无术，将来会嫁不出去。我为了不被嫁出去，死活不肯学。母亲把鞋底硬塞进我手里，还使劲拧我。为了不被她折磨死，到底是学会了纳鞋底。后来又被逼着去学纺棉花。我讨厌纳鞋底，倒是喜欢纺棉花。

在学校里读过一篇课文，几百人在太阳底下一字摆开，集体纺棉花，声势很是壮观。不过我还是喜欢一个人安静地纺棉花。盘腿坐在纺花车前面，一只手转车柄，一只手纺线，这是我小时候经常看到的母亲形象。下午或者晚上，母亲得闲的时候都会坐在那儿，吱扭扭地纺线。晚上有煤油灯映着，母亲和纺车像一幅印象画。

纺棉花我终究没能学得技艺高超，经常是坐不了半个小时就开始腿麻，要站起来活动。纺的线也常常会断，不停地接线头，也令人丧气。

小时候乡下以粗布为主，粗布被子，粗布床单，粗布衣裳。穿洋布的有钱人少之又少。粗布也多是自家做出来的。工序烦琐复杂得多，要等到把布做成床单被子衣服，需要两三个月之久。

整个流程大致如下：弹棉花，纺棉花，浆线，染色，经线，上机，织布。过了多少年之后，母亲仍是说得头头是道，可是我却听得一头雾水。只记得浆线是要用白面打成糊挂浆，然后晒干，如果是要织花布，需要染上各种颜料。染好的线挂在院子里晾晒，五颜六色的，也是一道乡村景致。

我喜欢经线。经线的场面很是宏大，要先打橛子，如果要织一丈三的布，就把两头的橛子打一丈三远。我喜欢做那个跑线的人，一手擎着线，跑到这头挂一下，跑到那头挂一下。很有趣。

在粗布为主流的年代，每年的冬天，我家的织布机都没有停歇过。母亲每日里的工作内容就是织布。咣咣当，咣咣当，织布机这种单调而又有节奏感的声音从早上开始，一直会响到半夜时分。

我家的织布机上织的布并不只是自己家的，左邻右舍的主妇们，她们每年也要合伙在我家织布机上织布（织布机并不是每家都有），东家一匹布，西家两匹布，织完了这家，直接接线织那家的，然后在整匹布的分水岭处用剪刀裁开。这个分水岭在哪里，我是分不清的。

这些个要织布的主妇，她们每年织布之前都要聚会商量好今年织什么样的花色，用什么样的染料。母亲是织布的能手，她负责最后定夺。

我小的时候对织布机那个身躯庞大而又构造复杂的木头架子充满了好奇心。织布之前母亲都要对闲置了一年之久的织布机进行清理维修，擦拭灰尘，上润滑油，修理出了问题的零件。我都会跟在母亲屁股后头冒充学徒。母亲开始织布的时候，我也要站在旁边观摩，或者绕着正在工作状态的织布机来来回回地巡视，看看每一个零件都是怎么在母亲神奇的指挥下听话地工作的。看着那一只两头尖尖的木梭被母亲的手来回快速递送，稳妥地在上下两排线之间穿来穿去，简直是看得入了迷。

看着看着就开始心痒起来，趁着母亲去做饭的空当，偷偷地爬到织机布上，伸直了脚丫，勉强去够脚踏板，学着母亲挂一下挡，投一下梭，没想到那梭是欺生的，根本不听我的使唤，直接就插进了线中间，不动弹了。吓得赶紧下机跑掉。

等到长大了一些，能坐稳织布机了，在母亲的指导下也能勉强织几梭子，总是不能像母亲那样织得行云流水。

很多年后，我在趵突泉公园里看到过一架供游人观瞻的老旧的纺花车，孤零零地站在青石地面上。在老城区的西更道街街牌下也曾看到过一台老旧的织布机，在昏黄的路灯下静默地伫立着。

我家的纺花车和织布机呢？无论它们在哪里，也都变成了尘封的历史。而我的记忆在历史深处。

旧事记

从前的王村有一条河。我在远离小河的地方生活。春天里我要去赶庙会，夏夜里我要到沙岗上避暑。大多数时候我和我的父母兄弟在自己家的院子里过着琐碎而热闹的烟火生活。我梦想着自己有一天赶着驴车去流浪……

/ 西地河的消失

　　一条河流消失了，在这个广袤的大地上，似乎不算是什么大事件。甚至对于王村的人们来说，似乎也不算什么大事件。

　　何况它还是无名无姓的。

　　当我还是个少年的时候，走在那条小河边，看到河水清澈，鱼虾嬉戏，河边竟然还有依依的杨柳，杨柳后面是郁郁葱葱的玉米地和花生地。我走在河边，满心的惊喜与欢畅，几乎忘了我是在前往地里劳作的途中。

　　那是我第一次，也是唯一一次离它那么近，在它活着的时候——如果一条河也可以说"生与死"的话。它只是黄河泛滥时决堤形成的一条野河，没有姓名，没有历史，王村人说起它来，只说是西地河。河周围的田地大多数都是其他生产队的，还有枣园的，我们队只有一小块地，每家也就二三分的样子。每年种小麦和花生，因为太远，去的次数极少，经常是地里的杂草比正经的庄稼苗还要旺盛。

那块地我们称它为大西地。那条河还在大西地之西，它离村子很遥远，离我也很遥远，无论是在地理还是心理上。而我的兄弟们却不是。他们每年夏天放学以后总会频繁消失，到了天黑，满身水腥地回来，带回满罐头瓶的小鱼小虾，还有小小的泥鳅。

我看着这些小生物，好奇地问他们："你们去哪里了？"

"西地河里。"

于是那条我未曾见过的河便泛着神秘的波纹让我无限神往起来。当时它对于一个懵懵懂懂的小孩子来说，更多的是模糊的象征意义。后来我才明白，一条小河，对于经常干巴巴的北方乡村的现实意义有多么重要。

河里还有一种水族，是我的兄弟们不曾捕获过的。它是河蚌。我第一次见到河蚌，是在房后的三老奶家里。她是我的本家老奶，一个族谱里的，原来的关系还算和睦，经常走动，后来因为各种各样的恩怨就不和睦了。

河蚌是三老奶家的堂爷捉的，养在他家院子里的洗脸盆里。他经常捉来养在洗脸盆里，然后煮了吃。河蚌是怎样的味道，我始终不曾知道。我们这几个小孩子只是围了脸盆，低下头去细细看那大大小小的河蚌一开一合地吐水泡。

洗脸盆是那种白色的搪瓷盆，盆底有鲜艳的花朵图案，有两条红色的金鱼在花朵间摆动着意象中的尾巴。水是压井里刚压上来的，清亮澄澈。河蚌的壳有乳白色的，浅褐色的，条纹清晰。对我们来说，这真是一幅美景，所以一看就是半天，蹲累了站起来，然后再蹲下去继续看，直到母亲来喊吃饭了仍是舍不得离开。

我们去三老奶家不但看河蚌一开一合地吐泡泡，还觊觎着她家堂屋门口那棵枣树上结着的鸭鸭葫芦枣。那是一种很独特的枣，形状就像个小巧玲珑的宝葫芦。我们热爱它的模样比热爱它的味道更强烈。拿在手里也舍不得吃，含在嘴里也舍不得吃，是当玩具宝贝着。

可是能得到这种鸭鸭葫芦枣的机会却极少。除非你随了大人去，碍于情面，他们才不得不摘几个塞到你手心里，一边还很大方地说"吃吧吃吧"。三老奶家的人很小气，小孩子自己去，他们根本不予理睬。哪怕你眼巴巴地仰脸瞅着那挂了红头的小枣们，瞅得脖子酸疼酸疼，馋得口水一咕噜一咕噜地往外冒。

馋极了的时候，我们便拿了一根长长的木钩子，下午时候，趁他们家人都去地里干活了，偷偷地跑到院墙外，踮起脚尖去钩那几枝伸出墙外的枣枝。有时候动静闹大了，惊动了看家的三老奶，她便拄了拐棍，佝偻着腰，迈着小脚出来，高声喝骂，吓得我们拖着钩子就跑。

后来，那院子没了，成了路。三老奶一家迁到了村东头。我所热爱的那棵奇特的，这世上几乎可以说绝无仅有的鸭鸭葫芦枣树，也绝迹了。而那些安静地卧在脸盆里的，一张一合的大大小小的河蚌，我从此以后也没有再见过。

我上小学二年级的时候，王村发生了一件大事。

那年夏天，雨水特别勤，村子里到处是水洼，我家南边的那个大坑里的水也是"浮沿儿浮"，偶尔会有小鸡小猪不小心掉进去被淹死。西地河河水上涨凶猛，校长专门召开全校大会，明令禁止学生去河里洗澡凫水。因为在河水少的时候，村人为了汲水，在河底挖了几个很深的土井。

大多数学生都很听话，乖乖地待在学校里或者家里调皮捣蛋嬉戏，就连我的兄弟们也不敢擅自行动了。可是那天下午放学的时候，我们班的傻大个法营，好像是要挑衅一下校长的权威，在班里号召大家跟他一块儿去河里凫水。他振臂高呼一声"怕死不当共产党员！"然后就领着他的两个不怕死的"党员"兄弟，赴"汤"去了。

法营被淹死的消息我第二天去学校的时候才听到。他的尸体也是第二天上午才被打捞出来。拉着法营的平车从学校前面的路上经过，许多学生拥出来看。死了的法营躺在平车上，他父亲在前面拉着，他哥哥在后面跟着，都低着头沉默不语。我看见凉席的下面，一双被泡得泛白的大脚丫随着车轮的滚动左右晃荡着。

这是我有生以来第一次看见死人，有一种冷战激凌凌传遍全身。

跟他去的那两个不怕死的人，一个是法喜，一个是我的三堂哥明。据他们后来讲，他们三个当时跳进河里，刚开始在浅水区，后来游着游着就到了土井里，法营下沉的时候使劲去拉他们两个，拽着他们的胳膊不撒手，被他们死命挣脱逃了出来。等他们跑到枣园那边的地里去喊人来救的时候，法营已经沉下去了。

法营死了以后，法喜和我的明堂哥天天晚上做噩梦。我明堂哥更可怜，天天夜里吓得尿床，披着被子站在堂屋地上浑身打哆嗦不敢睡觉，一个月后才慢慢恢复正常。

最可怜的应该是法营家。法营虽然有点傻，但是总是一个儿子，如果能健康长大，干活是没问题的吧，甚至还能找个女人做媳妇。现在长到十几岁就死掉了，他们家人当然是很伤心的，不过他们的伤心后来就成了一桩闹剧。因为王村还有一个比法营更傻的小伙子，他叫建军，是真正的傻子，我们平时都喊他傻建军。傻建军自从法营淹死之后，天天跑到法营家门口，像唱曲子一样循环往复地重复一句唱词：

"得，得，法营嘞？得，得，法营嘞？……"

开始的时候，法营的家人不理会他，后来也嫌烦了，跑出来撵他。建军也不傻，他们一撵，他就跑。等他们回去了，他再回来，继续唱。那段时间，这个场景被固定下来，成为王村生活里一个独特的保留剧目。傻建军那绕梁不绝的唱词，连那些学舌的小孩子们都会唱了。

我第二次见到这条河是在若干年后，我已经长大了。而它，已经死去。当我又一次面对它的时候，只看到干涸的河床，还有那些失去了河水滋润的粗粝的河沙。我是和父亲去拉河沙盖房子用的，有许多人过来拉河沙做盖房子的底料，王村的，枣园的，夹堤。不知道他们当中有谁曾亲历过这条河的前世今生。

此时的河不能再叫河，只是一条弯弯曲曲的河道，里面只有沙子。那些沙子在正午阳光的照射下，泛着亮白刺眼的光，恍若一场白日的梦境。站在这梦境面前，我开始怀疑，曾经在这梦境里出现过的清水、鱼虾、依依的杨柳，以及那一场有关生命的事故，它们真的存在过吗？

/ 夹堤纪事

一

从前的夹堤住着我年迈的外祖母。

那个我们喊她"姥"的小脚妇人，她在六十岁之前一直住在那座只有内外两间的土墙瓦房里。瓦房坐南朝北，有非常高的地基和门前台阶。和她共用一个院子的是对面房子里住着的一个并不良善的老妇人和她的两个儿子。

外祖母只有三个女儿。三个女儿都长大了，分别嫁到了三个村子，它们按距离远近排列依次是王村、任光屯、郭庄。

我母亲是大女儿，她嫁到了离夹堤最近的王村。

二

从王村到夹堤的路，我用自己的小脚丫无数次丈量过。

站在王村村口，向前望，望到大约五百米的时候，夹堤村口就到了。加上这之前的从我家到村口的路，加上这之后的从夹堤村口到姥姥家的路，从我家到姥姥家，大约需要走三里地吧。

这三里地的路程，我从小到大，走了无数次，以至于走着走着就会一不小心走到了梦境里。有一次梦到从姥姥家回来，路遇大水坑。不止一个大水坑，好多水坑连绵着，中间只有窄小的路径可以通过。哥哥和大弟走在前面，我最后。不敢看那大水坑。混浊的黄汤下面，谁知道隐藏着什么妖怪呢？

哥哥和大弟噌噌地就过去了，独留我一人在小径上满怀恐惧。我害怕极了，大喊："哥，等等我！"

可是喊不出来。

后来拼命地挣扎，那声音终于出来了。也从梦中惊醒，心突突地狂跳。

那是有生以来第一次梦魇。

是关于夹堤的。

三

夹堤这个词在我的记忆里是那么根深蒂固，它拂不去，也擦不掉。像老疤痕，像旧胎记。

常常会看见自己一个人踽踽独行在那条路上，从王村到夹堤，穿过大街，穿过小巷，穿过那么多陌生而熟悉的门前，穿过那么多陌生而熟悉的面孔。

那些面孔，老的，年轻的，幼小的，男的，女的。有些人我认识他们，有些人他们认识我。我小小的身体从他们中间穿过，然后再穿过那条窄小的胡同，就到了夹堤正街。

胡同口正对着的那户人家是大街姥。逢年过节的时候我们都要去看望她。大街姥——我们都这样喊她。因为她住在夹堤大街上。和她同院住着的还有两户人家，都是和姥姥本族的。一个是堂屋姥——顾名思义，她是住在堂屋里的；另外一个印象模糊，想不起来了。以前拜年的时候我们去过，那样深而黑的屋子。后来死了，连是男是女都不记得了。倒是堂屋姥活得更久些。去看她的时候异常亲热，颤抖着小脚拿好吃的给我们。她有一个女儿，逢年过节去看她。偶尔我会碰到她，模样不记得了。

大街姥和大街姥爷一生没有子嗣。晚年的时候认了一个本家族的来送终。我以前以为大街姥很亲我们，后来才发现她更亲大姨家的星表哥和兵表弟。他们一去，就喊大街姥"姑奶"。我一直很纳闷这称呼从何而来。长大后终于解开了谜底，原来大街姥是姨父的亲姑姑。

可是我依然爱去大街姥家，如果没有了表哥表弟们的陪衬，大街姥和大街姥爷对我还是很亲的。冬天的时候喜欢坐在她家煤火炕上取暖，秋天的时候喜欢在院子里打她家那两棵笨枣树上的枣。

大街姥家的院子格局也是我喜欢的。从临街的门走进来，沿着西屋山墙，有一个类似天井的过道。不让你一览无余，也节省了照壁的设置。一座西屋，一座北屋。东南侧是茅厕，被两棵大枣树掩映着。结结实实的院墙围着。院子的地面总是干干净净，久雨后会有暗绿色的青苔出现，给人一种很幽深古旧的感觉。

四

大街姥家住在夹堤正街上。

所谓正街，就是指一个村子的政治、经济、文化娱乐中心。正街上有磨坊、供销商、村委会等人民群众生活中最重要的几个机构。这是最初的正街模式。一年一度的老庙会也是在正街举行。其时人山人海，锣鼓喧天，比过年还要热闹，是我最喜欢的节日。

有一年夹堤庙会，母亲提前去了，嘱我中午放了学自己过去，并指定我要穿两件衣服，一件淡粉色的，一件桃红色的，并交代我要把某件穿在外面。

我心里是想把那件桃红色的穿在外面的，那是我最喜爱的衣服，是过年的时候市里的二姑姑送我的礼物。桃红色的衣服上用各色丝线绣着美丽鲜艳的花朵。这件衣服惹得堂妹好生羡慕，吵着也要，被大娘狠训了一顿。而我是不舍得让给她的。

在我的记忆里，二姑姑只是偏心着小叔一家，对我们家的孩子向来是不亲爱的，可她却送了我一件这么漂亮的新衣服，这让我既感动又不解。

那天上午放学之后，我回到家，为了要穿哪件衣服在外面，很是纠结了一段时间。我心里是想着非得穿那件桃红衣服的，可是脑子里明明记着母亲临走时叮嘱的是要穿淡粉色的。这可如何是好？

我怕极了母亲的责骂，为了减少这种待遇的发生，我最后咬了咬牙，决定放弃自己的喜好和主见，听从印象里母亲的命令。

可是当我穿着违背了自己意愿的衣裳去大街姥家见母亲

时，还是受到了责骂。她骂我："我不是让你把红衣服穿外面吗？你怎么这样穿？"

我还是错了。

这让我明白一个重要的人生经验：做人，还是坚持做自己的好。大不了不招人待见，可是自己痛快。不像这样，委屈了自己，也没讨了别人的喜欢。

五

要去姥姥家，还要从大街姥家西边的胡同往深处走。一直走到桂琴家，往东拐一拐，再往南走，走一个右侧卧的U字形，就到了。

夹堤是个大村庄，比王村要大三倍的样子。最大的特色就是胡同多，大大小小的胡同，深深浅浅，曲曲弯弯。我住了那么久，有时候走着走着，就像走进了迷宫。大多数时候是随了姥姥，自己是断不敢贸然去探险的。

那些胡同古老而深邃，有错落相对着的旧式木门，关着的，半掩的，或者敞开的。有时候你走进去，静悄悄的，无论是关着的门，还是半掩着的，都要探头探脑几下，小孩子永远有着不尽的好奇心和探索欲。

姥姥的房子是一座三开间的南屋，有高高的地基，进屋子里去要上三四个台阶。姥姥的院子里住着两户人家，一户是姥姥，另外一户是和姥姥对面住的一个本族——一个寡娘，带着两个成年力壮的儿子。

寡娘是个厉害的角色，两个儿子也不示弱。后来姥姥去世，那老屋被他们霸占了去。不过在我幼时的印象里，他们待我倒是不薄的。去他们屋子里玩，时常要给我些好吃的。一次炖了狗肉，端了锅在院子里，请我和姥姥吃去。那狗肉奇香，而且，奇咸。刺激得味蕾到现在还记忆犹新。

有一年大年初一，早起，姥姥下饺子，让我去外面放鞭炮。我人小，在家里都是父亲和兄弟们放，轮不到我。没训练过，害怕。那不长的鞭炮挂在寨门上，用香点了几点，没点着。对面的一个儿子过来，帮我点着了。鞭炮噼里啪啦地响，我离得远远的，捂着耳朵，觉着还真是有过年的味儿了。

姥姥的辈分高，对面那和姥姥年龄相仿的寡娘，我喊她妗。喊她两个儿子表哥。两个大表哥的名字很是奇特，一个叫尿，一个叫沤。这应该属于一个系统。在乡下，尿屎之类都是用来沤粪，上地做肥料的。大约是他们早亡的爹给起的，可见在那个视土地为生命的年代，父辈们的内心里是怎样对儿子们寄予了厚望。

六

去姥姥家常驻是我们兄妹几个分内的事。在姥姥尚自觉年轻，还可以自理生活的时候，是不愿舍了自己的老屋而去三个女儿家轮住的。而王村是离夹堤最近的，母亲便轮流派了她的几个子女去陪伴独住的姥姥。

在我被派遣之前，哥哥是常驻大使。在我之后，是大弟。小弟没轮到，姥姥已经开始轮住了。我自觉自己是去得最殷勤的，无论是平时，还是过年，只要母亲一声令下，我便二话不说，拔起腿来就踏上了那熟悉的路途。

去陪伴姥姥，在我，也是无可无不可的。怎么样都行。何况，在每年的春节前后，姥姥有礼物收入的时候，常常会在晚上我躺进被窝后，摸出一块水果糖赐予我作睡前的甜点。

更何况，除了这糖果，在夹堤，我也还有一些相熟往来的伙伴。

住在姥姥家附近的几家邻居，家里大都有女孩。比如说南邻家的小惠，东邻家的春燕，北邻家的桂琴。她们都是和我年龄相仿的。我在姥姥家待得孤寂无聊的时候，就去找她们玩。

我平时和小惠、桂琴相混得熟一些，和春燕有些隔阂。

因为她家境殷实，穿戴比我们要好得多，她家的院子也是那种深宅大院，我很少进去。她的父亲据说是包工头。包工头，无论在哪个时代，都是为富者的先驱吧。

春燕家兄妹五个，个个像少爷小姐。穿戴好，长相漂亮。站在我们中间，如同鹤立鸡群。我虽然不忌妒，也不愿意时常作陪衬，来增强自己本来就很强大的自卑心。

小惠和桂琴家都是穷苦人家，倒是和我的身份相当。小惠个子矮小，性情憨直，易于交往。可是我更喜欢桂琴一些。这个面容姣好、心灵聪慧的女孩，是最和我相知的。而她的家，却是我最惧怕去的地方。桂琴的父母对我是很和善的，可是她的爷爷实在可怕得很，家教甚严。一次姥姥带了我去，我喝水，一不小心，把喝水的碗掉地上摔碎了。桂琴的爷爷大发脾气，大骂桂琴。我虽然小，也能知道这种方式就是传说中的"指桑骂槐"。逼得姥姥没办法，只能痛骂我一顿以示歉意。

那个时代的穷人家，哪怕一只粗瓷碗，也是应该倍加珍惜的家财。即使是一个无知小孩，破了家财，也是不可原谅的。哪怕你是外家的小孩。

我在惊吓的状态下，又被姥姥骂，哭着跑开了。跑到姥姥南屋的东山墙，靠着它兀自伤心不已。那天的太阳很好，挂在东边的天空，在这寒冬里，向我发出温暖的光芒。我哭了会儿，眯着肿了的眼睛抬眼看它。

后来小惠来了，靠在墙上陪我晒太阳、伤心。

桂琴是不敢来的。她也怕极了爷爷。

七

姥姥家的东边住着一户人家。只有一个人，老朽的婆婆。一座破旧的小屋，像行将坍塌的庙宇，她是那落魄的神主。这神主是夹堤村为数不多的五保户。

有时候闲极无聊，我会跑去看她。她是常常坐在屋外晒太阳的。烧一只小地锅，做一些聊以充饥的饭菜。我蹲在那儿，看她做饭，看那简易的炉灶里炊烟袅袅。有时候也会奉了姥姥之命，端一些饭菜给她。

她的院子阔大而无边，像一个荒凉的漠地，她和她的小屋是这荒漠里意义深远的点缀。

后来她死了。

我还继续活着。可是我不再去常驻了。因为姥姥轮住去了。姥姥人生当中余下的光阴是在三个女儿家消磨掉的。而我的光阴，是在无聊的成长中消磨掉的。

奇怪的是，在成长中，一些事情会发生变异。

在我上了夹堤初中之后，又和当年那几个玩伴相遇。桂琴，小惠，春燕，她们都长大了。模样依稀。

我惊喜地望着桂琴。她出落得愈发标致了。

我喊她："桂琴。"她羞羞地笑。

可是周围的人们说，你喊错了，她不叫桂琴。

我愣："那她叫什么？"

"她叫桂莲。"

我说："她是不是改名字了？"

"一直都叫桂莲。"

一直都叫桂莲……

我痴痴地望着那个从前叫桂琴现在叫桂莲的女孩。我的眼光越过她，望向她背后这个叫夹堤的村庄。许多个房舍树木道路院墙，以及重重叠叠的时光灰尘，它们挡住了我的视线，我已经看不到当年姥姥住的小屋了。

我在努力思考一个问题：

我小时候真的在夹堤住过吗？

/ 亲爱的院子

春天里的鸡娃

春暖的时候，母亲捉来一窝小鸡娃。

小鸡娃是从鸡贩子那儿捉的。每年春天，他们都会及时出现在王村街，骑着一辆破旧的有大梁的自行车，车后座一左一右绑着两只竹篓。更早的时候是推着一辆独轮车，上面安置一个大竹篓。竹篓里装满了鸡娃。有乳黄，黑花，纯黑，小嘴尖尖，像各色绒线团，叽叽叽叽，缩成一堆儿。

所有的想养鸡娃的农妇，她们的耳朵早就支棱着，捕捉着那一声一声由远及近的吆喝：卖小（xiā）鸡啦——卖小（xiā）鸡！（我一直不明白为什么他们把"小鸡"喊作"瞎鸡"，难道是因为刚出生的小鸡眼睛还没睁开吗？）这声音吸引她们一窝蜂从各个院子里奔出来，聚拢在鸡贩子周围。据说捉鸡娃也是需要技巧的，懂技巧的农妇都会这样做：捉住一只小鸡娃，提它的一只腿，如果它能奋起抗争，抬起头来叽叽叫，就说明这只鸡娃是很有活力的，好养活，不易夭折。我凑上去，也学着大人们挑鸡娃，捉住一只小鸡娃的腿，提溜着，看它努力把身子向上挺，小翅膀扑棱着，小尖嘴惊慌失措地叫。

母亲终于挑好了二十只小鸡娃回家。白天太阳温暖，要把它们撒到院子里，用圈席圈着，用开水泡软的小米喂它们，用缺了口的破碗盛水给它们喝。傍黑，再把它们一个一个全捉到篓里，搬到屋子里，放到安全的地方，以防黄鼠狼来偷。每天夜里都要听着它们的叽叽声沉入梦乡。等鸡娃们稍稍长大一些，便撤了圈席，任由它们自由地在院子里跑、啄食。这时，母亲弄来一些颜料，或绿，或红，或其他，等傍黑捉鸡进窝的时候，让我们捉了小鸡娃，一个个都染上颜色做记号，以免和邻居家的混淆。记号做成什么颜色，做在何处，要看邻居家的。邻居家若做红色，做在翅膀上，我们便做绿色，做在屁股上，或做在头上。

第二天便看见五颜六色的小鸡娃们到处跑了。鸡娃们并不自觉容貌的变化，照旧玩乐，觅食，打架。照旧擅自跑到邻居家找朋友玩。

鸡娃们在院子里跑，在它们是自由的。而这自由常常妨碍了我的自由，因此制造了许多惨祸。因为我做事莽撞，走着走着，一不小心就踩着脚旁边溜达的小鸡娃。轻者残疾，变成了瘸子，重者丧命，肠子肚子都出来了，很是惨烈，常常招致母亲的斥骂。

鸡娃除了从"卖小鸡的"那儿得来，还有一种生产途径。春天的时候，常常会有正在下蛋的老母鸡表现异常，它不再下蛋，成天魂不守舍地"咯咯咯"地叫唤，母亲说这只老母鸡"she bu"了，想"抱窝"了。于是就安排它休假，放了十几只鸡蛋在它的草窝里，让它好生抱窝。后来又有一只老母鸡眼红这待遇，也"she bu"起来。母亲这次没同意它休假，一个家里一只抱窝的母鸡就够用了，太多了就没鸡蛋吃了。于是就折磨它，不让它抱窝，看见它趴在鸡蛋上就撵它，撵得它急红了眼，鸡毛乱飞。后来某一天它突然失踪了，大约过了二十天（据说小鸡的孵化时间是21天），这只失踪的老母鸡忽然就率领着一群小鸡娃雄赳赳气昂昂地出现了。于是这一年我们的老院子里就会出现两只老母鸡各自领着自己的一大家子。

由老母鸡自然孵化出来的小鸡娃身体强壮，几乎不怎么夭折，而且被我踩死的概率也很小。它们成天跟在母亲的屁股后面玩耍觅食，老母鸡对它们呵护备至，根本就不允许它们走散抑或被外物欺负。

有一年春天，父亲和母亲合谋要学着养鸡来致富发家。自然孵化量少又慢，于是他们学会了规模化孵化鸡娃的技术，经过没日没夜的辛苦钻研，不断地实践总结，成功地养了上百只小鸡出来。还专门为这些小鸡建造了宽阔的鸡舍，每天喂它们科学的营养配餐。我们全家都满心喜悦地盼望着这些鸡娃能带给我们物质生活的富裕。可是，等到这些鸡娃们快长大成为会下蛋的母鸡了，在一个月黑风高的夜里，却被怀着忌妒心的小人下了毒手，整个鸡舍里的几百只鸡全部被毒死了。第二天早上我们全家才发现这场谋杀案的惨烈现场。

虽然后来民间传言是王村的某某因眼红而起了杀心，但是作案者究竟是谁，立案至今，几十年过去了，都没有官方的一个说法。乡间的恩怨情仇往往就是这样，随着岁月的流逝不了了之。要不然你还能怎样？

从此以后父亲和母亲便死了"发财"之心，他们的关系也越来越糟糕，再也没有出现过那种齐心协力恩爱和睦的状态。

露天餐厅

除了冬天实在寒冷的季节，其他时候我们家的餐厅是在院子里。在槐树的下面，有父亲打的一张不规则的圆形水泥餐桌。餐桌的腿是几层砖砌的，餐椅也是父亲打制的水泥板凳。

露天餐厅里发生过很多事。除了最重要也是最频繁的吃饭事宜，其次就是吵架，打架。父亲和母亲。母亲和哥哥。父亲和哥哥。我们家闹矛盾比欢乐的时候多。

父亲和母亲的婚姻大约是个错误，性格的严重不合是其中一个原因。父亲性格内敛而沉闷，母亲则外向活泼脾气暴躁。母亲看不惯父亲的种种，便因怨生怒，最后怒不可遏骂将起来。对母亲的责骂，父亲一般不予理会，但是骂得狠了，他也会反攻。父亲反攻的措施就是动手。

有一次父亲和母亲不知道为了什么起了争执，先是母亲骂父亲，后来父亲打母亲，他们俩就在露天餐桌的旁边互相厮打起来。哥哥不在家，我们三个小孩子一边围观一边哭泣，眼看着父亲把母亲按倒在地使劲打她，也不知道如何上去拉架。

哥哥上初三的时候个子已经很高，他已经无法容忍母亲老是指着他的鼻子骂他"猪狗不如"。有一次早饭时，母亲在骂他，他忽地站起来好像要和母亲打的气势，惹得母亲更加恼怒，在旁观战的我们很是紧张起来，好在哥哥终于不敢犯上。战事不了了之了。

父亲也看不惯哥哥，但是他轻易不发脾气。后来有一次突然爆发，提着一根柴油机上的三角带，扬言要打死哥哥。父子俩一个在前面跑，一个在后面追，上演了一场"跳井"闹剧。

后来母亲看着哥哥身上被三角带抽打的伤痕，一边哭一边骂父亲。当然这种极端事件是很稀少的。餐桌上很平静的时候毕竟也有不少，比如每天下午放学之后，露天餐桌就是我的书桌。那时候父母都去地里干活了，兄弟们也不知道跑哪里疯去了。我一个人趴在水泥餐桌上写作业，院子里是安静的，树荫也是安静的，西下的太阳光从远处射过来，明亮而不刺眼。

有一次我正在低头写作业的时候，同班的同学四芹突然来了。她来了之后说了一些很挖苦人的话，然后又突然走了。来和走都有点莫名其妙，我心里想，难道是来看看我写作业的速度有没有她快吗？我和她从一年级到五年级一直是学习上的敌我双方，在第一名和第二名之间暗暗地较劲。原来关系还好，后来渐渐交恶。大约女孩子的友谊都是这么经不起时间的推敲吧。

除了父亲那次的追打哥哥，母亲在这院子里也曾经打过我。那也是我唯一的一次挨打。究竟因为什么我惹恼了母亲，已经不记得了。我从屋里窜将出来，母亲手里拿着一个笤帚疙瘩在后面紧追不舍。

那时候院子西侧的鸡舍还没建起来，母亲他们原先住的那座西屋已经拆掉。目前是一片空地。空地上还种着一棵无花果树。我跑到无花果树旁边尝试着抱住头蹲下来。按我以往的经验，一旦我抱住头蹲下来，母亲就会心肠发软，停下手来。然后骂我几句，做自己的活儿去了。一场内战将不了了之。

可是那天母亲动了真气，我的鸵鸟战术不管用。没办法，我只得站起来继续奔窜。奔窜到院门口那棵椿树附近，我被母亲逮住了。母亲发了疯般，把我按倒在地，狂风骤雨般一通猛揍。

更可恨的是哥哥。他非但不劝架，还在一旁手舞足蹈地幸灾乐祸。

母亲打了我之后，心疼得哭了。一边哭一边痛骂哥哥——自古以来，落井下石者都不会有好下场。

院子里的其他种族

羊。羊是经常养在老厨屋后面的羊圈里的,不让它们出来活动。除非赶着去地里放。别人家的羊生产,一生就是好几只,可是我们的羊只生一只,严格遵守计划生育政策。别人家的羊去地里放,只管低头吃草;我们家的羊去地里放,满岗撒欢,好像参加田径比赛似的。我每次去放养都累得气喘吁吁。于是放着放着,我们家的羊就瘦得飞起来了。飞着飞着就飞没影儿了。飞这个字用得很传神,是母亲的原创。

兔子。兔子是在羊之后入住我家的。羊飞了之后,哥哥便从新乡二姑姑家捉来两只白毛红眼睛的,据说是外国品种的兔子来。羊圈改成了兔子窝。

哥哥还煞费苦心地用旧椽子为兔子们制作了精美的兔舍。一格一格的,上下好几层,像微型的单身公寓。很漂亮。我爱遐想,所以也想变成兔子住进去。

兔子繁衍很快,一窝一窝地生,一生就是五六只。我们紧赶慢赶地从地里薅来青草喂它们。于是兔子们养得很肥。可是养得很肥的兔子们一只也没有卖出去。这件事等我长大之后想了想,终于明白:除了擅长生产,还要擅长营销。这样才能发家致富。

后来那些红眼睛白绒毛的洋兔子,除了打地道土遁的,余下的都被我们打牙祭了。洋兔子肉很好吃，一点都吃不出来兔子的膻味。好多不明真相的食客吃到最后，如果我们不告诉他，都以为自己肚子里装的全是鸡肉。

猪。猪似乎有出来活动的历史。我记得我曾经坐在老堂屋的门口，一边看书，一边看几头小猪娃偎在老母猪怀里抢食吃。等猪长大后也有偷偷跳圈的劣迹，害得我们经常和它们打围歼战，累死累活的。当然，最后的胜利者都是我们人类，所以它们根本没有机会长出獠牙。后来哥哥又建了很有规模的猪圈，养了几头猪。最后的结局自然是猪去圈空，成了未遂发财梦的遗址。

院子里发生的其他事情

有一次坐在堂屋门口看书，中间抬起头来看到院子里的情景：我家的那只叫阿黄的黄狗卧在远处。一只老母鸡领着一群小鸡在咕咕唧唧地觅食。几只小猪娃拱在猪妈妈的肚皮上哼哼唧唧地抢奶吃。

后来我把它写进日记里，让它变成一幅鲜活生动的画面，怎么忘也忘不掉了。

夏天下暴雨，我站在堂屋门口，看大雨倾盆。雨水打在堂屋门口那棵大槐树上，然后再从槐树叶子上跌落至地面的水洼里，水星四溅。树叶上那油亮的绿简直也要随雨点滴落下来。后来知道能呆呆地坐在屋檐下看下雨也是一种难得的尘世幸福。

母亲喜欢短发。从小到大，虽然发过很多誓言，我的头发根本就留不住。一到差不多就要长长可以扎辫子了，母亲就拿起削刀来，噌噌噌，三下五除二，就把我又变回了假小子。每次母亲给我理发，都是在粪坑边上。我坐在那里，满腹的抱怨，却也只能呆呆看着那满粪坑的水沉默。

后来我终于可以自己做主为自己留了长发，母亲明知她的控制权已经失去，却每次看到我都会忍不住唠叨几句："留这么长头发干吗？跟疯子似的。我看还是短头发好看。"

那时候我上初中，哥哥还没有外出打工。母亲年轻，充满了生命的活力。一家人生活在那座老院子里，吃饭睡觉，干活干仗。热闹得很。

/ 赶庙会

一

庙会，在乡下叫作老会。一个老字，蕴含着多少世事的沧桑和时光的悠远。老会是村节。一个村子，或者两三个村子。

乡下旧历纪事，凡庙会日也是按旧历，且多在春天。春风吹得游人醉，也是赶会的好时节。二月初二枣园的老会，三月初三姚庄的老会，二月十九新庄的老会，四月十八宋屯的老会……如果亲戚多，且分散得匀，整个春天都要东西南北地来回穿梭着去赶老会。串亲戚，看大戏，吃酒席，也挺幸福的。小孩子尤其幸福。

所以我日日盼着。

旧历三月十九日。王村老会。阳春三月，草长莺飞，大地上扑棱棱的一派盎然生机。小孩子呼朋引伴地四处撒欢。小女孩长成爱做梦的少女。那一年春来得迟，桃树地里的桃花第一次学着开花，粉嫩得撩人。折一枝去逛庙会，一路上和女伴巧笑嫣嫣，春风做伴。那是怎样迷人的景致。

——折桃花已然恍若隔世了。

王村的戏台是搭在大队部院子里的。一个一人高的宽宽阔阔的土台子，遮掩了大队部那一座破旧的明三暗五带出厦的办公室。办公室到唱戏的时候被用作戏班子的后台。我曾经不止一次地跑到戏台的后面，在围布的缝隙里，看换装卸妆的演员们走马灯似的出出进进。有时候还能看见那些脸上化着戏妆，身着便服的女演员们从人群中穿行而过，到大街上去。当她们结伴从人群中走过的时候，仿佛高傲的公主，那样的随意自然，旁若无人。我看着她们，满心的好奇和仰慕。她们的世界和人生充满了我无法探知的神秘气息。

化戏妆的不光是演员，还有一些小孩子。他们被父母抱着走进后台，然后又被父母抱着走出后台，一张脸涂满了花花绿绿的油彩，哇哇大哭着，穿过人群远去。

涂脸谱的大多是男孩子。他们的哭，多半是被吓着了。而他们的母亲或父亲却一脸喜色，呵呵地笑着。乡间的传说，把孩子的脸化成戏妆，有利于他的健康成长。大约有辟邪的成分在内吧。

我对戏台的兴趣，像《社戏》里的迅哥儿一样，看一看表面的热闹和色彩，留存于记忆中最深的却是戏台之外的诱惑。瓜子，香酥，甘蔗，冰棍……诸如此类的东西，要比丫鬟小姐、忠良奸佞们好看得多，也有趣得多。

甘蔗，在乡下不叫甘蔗，叫"甜黍秆"，或者"甜葛档"。黍秆或葛档，是乡下对玉蜀黍秆（玉米秸秆）的叫法。从外貌上来看，甘蔗和玉蜀黍秆应该是近亲关系，所以有时候我们也会把略带甜头的玉蜀黍秆当甜葛档来嚼，颇能解馋。即使是在老会这样隆重的节日，甘蔗也不能太奢望，最容易得到的还是瓜子。五分钱就可以买一满捧。有一年和堂姐堂妹去夹堤看夜戏，踢踢踏踏地跑了去，看了五分钟，没意思，就买了五分钱的瓜子，又踢踢踏踏地跑了回来。那五分钱的瓜子就是那场夜戏的唯一收获。

小时候以为，戏台上的景致当然都是相同的，戏台下的景致当然也别无二样。王村的和夹堤的，会有什么区别呢？戏班子或者是同一个戏班子，区别的只是一些听戏者的相貌罢了。卖瓜子的，卖甜葛档的，卖其他零食的，除了卖者的相貌略有不同，货物也都是一样的。

可是我渐渐长大了。长大之后再去戏台下，感觉似乎与小时候不同了。

白天的戏大都是一些闲来无事的老爷爷老奶奶们搬个凳子呆坐着，品品戏，聊聊家常。夜里的戏可就热闹多了。因为年轻人多了。不单单是王村的年轻人，还有外村的。夹堤的，枣园的，东娄庄的，甚至更远村庄里的年轻人。他们像赴一场集体约会似的，都来了。

年轻的男男女女，十七八，一二十，脆生生，娇嫩嫩的年龄，躁动不安的年龄。他们在戏台下拥挤，嬉闹，打架，游窜，一种暧昧而又充满着青春激情的气息在戏台周围流动。夜晚的戏台似乎是他们的天下。他们自己也以为是。这些年轻人往往聚集在戏场的外围，随时准备撤离，又随时准备进入。处在戏场核心位置的是那些年长的，衰老的，真正的听戏者。他们稳坐在凳子上，全神贯注。昏花的老眼里已然是波澜不惊。

那些年复一年的春风沉醉的晚上，在戏台上锣鼓咚咚的背景里，究竟发生了多少令人难忘的故事呢？大约只有沉默的春风知道。

而我，始终是一个黑夜里懵懂的旁观者。

二

王村的老奶庙坐落在村东头那片不大的空麦场里。它存在的历史应该比老庙会更久远一些。麦场是旧麦场，所以时常空着。附近都还有人家，神仙老奶也并不孤单。

在我七八岁的时候，老奶庙的香火还很旺盛。老会的前一天，三月十八的晚上，那些个虔诚的求神者，提着香火供品陆陆续续地来到了老奶庙。不单单是王村的，夹堤的，枣园的，东娄庄的，附近村庄的，能来的，想来的，都来了。许多是缠着小脚的老婆婆。她们在刚刚降临的夜色里，走出家门，穿过街道，穿过被三月的春风吹拂的麦田，越过刚刚长出嫩杨叶的沙岗。步履蹒跚，却精神抖擞。

夜色里，老奶庙前人头攒动，却不喧闹。人们都尽量不说话。即使说话，也是压低了嗓门，近乎耳语。来烧香的人，目的各不相同。有许愿的，有还愿的，有来求老奶赐神药治病的，有闲着没事来找老奶唠唠家常寻求精神安慰的。

老奶庙又矮又小，模样很不起眼。老奶神像也很不起眼，不是金塑，不是铜塑，是泥塑。面貌慈祥。身披红布。具有一种威慑人的神秘气质。庙里只能容下一个人跪拜，烧香，求神。而且还要弯腰弓背地进去。求神的声音是很小的，只听得见他在喃喃低语，好像是在和老奶说私密话，和颜悦色，娓娓道来。说完之后，默然片刻，似乎是在聆听神谕。然后磕头，弯腰退出。下一个人再进去。竟然很有秩序，没有插队的。

我坐在我家东里间那个破洋油灯下，心痒痒得很，就对素珍说："听说老奶庙的药很灵，包治百病。要不咱也去求点吃吃？"

素珍想了一想，说："中。"

我们俩撒腿就跑，一口气跑到老奶庙。观摩了半天，趁着一个空当，赶紧钻进老奶庙里，拿一张黄纸片在人家点燃的香束周围兜了几圈。包起来撒腿就跑，一口气跑到家里。就着洋油灯，打开黄纸包，仔细观看，果然有一些灰色的细末。

我有点犹豫："难道这就是神药？"

素珍很郑重地点点头："大概是吧。"

一人一包，闭上眼睛，倒进了嘴里。哑了哑，一股香灰味。好在第二天也没有肚子疼。

三月十九的上午，老奶庙前香火依然旺盛，那些个来走亲戚的趁着这机会也来烧香许愿。去掉了夜的静穆神秘，白天的老奶庙前热闹而喧哗。扭秧歌的也来了。她们挑着花篮，花枝招展，扭啊扭的。

我看了一会扭秧歌，也没见她们扭出更多花样出来，便往会场上跑去了。

　　所谓庙会。有庙才有会。大凡那些创立了庙会的村庄，都建有庙堂的。有些村庄的庙堂，要比王村的壮观豪华得多。比如说夹堤的新庙。新庙建在夹堤小学的西邻，填平了那个大池塘，起了三间红砖瓦房，塑了三座神像，泥塑，全彩，很漂亮。建新庙都要开光的，开光那天，请了许多乡间的舞乐班子，敲锣打鼓，扭着秧歌，踩着高跷，在夹堤西门外那条南北马路上，从枣园，经王村，由北向南，浩浩荡荡。

　　夹堤也有自己的锣鼓队。新庙堂开光之前的一个月里，他们天天在村子里来回敲鼓训练。有时候会走到小学附近，正逢上下学的时候，我会从路对面的初中部出来，看一会热闹。敲鼓的声音很大，简直是震耳欲聋。听得受不了了，我就会跑到小学校园里玩一会。小学校园里有一棵老洋槐，据说是唐朝时就有的，树身要两三个人合抱，树的底部有一个大洞，两个小孩子能钻进去捉迷藏。这棵树很奇特，只有两根粗枝丫，一枝是死的，一枝是活的。而且是轮流着来。今年这一枝活，那一枝死，明年那一枝活，这一枝死。稀奇得很。我在夹堤上初中的时候，它还活着。后来听说被一个雷劈了，整个树身倒了下来。

最喜欢的是夏庄的庙，不似王村的太近烟火，也不似夹堤的太匠气和功利。夏庄的庙坐落在野外，零落的三四座，有野趣，也颇合庙的本性。去观光要穿越一大片桃树林。然后再翻一道土坡。桃树正开花，在午后的阳光下，粉白得耀眼。

三

会的气氛是在前一天开始营造的。三月十八的下午，我放了学一路小跑到大队门口，看到地面上被画了许多白圈圈，表示此处已被占用。而炸油条的土灶在上午就开始动工。每年春天的老会，是做油条生意最兴旺的时候，油条是那个年代最经济实惠的馈赠佳品。

我最关心的是戏台的搭建。它预示着这一年老会上有没有戏班子来捧场。也不是哪一年都会有的。这要看集资款够不够请得起一个戏班子。或者有有钱的人家出独资，这种情况一般很少。

我热切地盼望着戏班子来。戏班子一来，老会就有老会的气氛了。这边厢戏台上锣鼓镗镗镗镗，那边厢集市上人声嗡嗡嗡嗡，这是一种多么美好的生活场景。得到消息戏班子定下来，但是心里还是很忐忑。到底是真的来呢，还是谣言？不亲眼看到戏班子来，那可不能太相信的，要真是一场空欢喜那可怎么办。

三月十八，上午放学之后特地跑到戏台下，看到几个男人在用绳子捆木桩，心想：哈，搭戏台啦。戏台都搭了，戏班子肯定是要来了。

下午放学回来，又特意从会场上路过，看看已经搭建好的戏台，再看看那满地的白圈圈，还有那正在建起的炸油条的炉灶，心就激动得怦怦跳，撒着欢儿往家里跑。明天就是会了。而每年这一天，学校照例是要放假的。

况且，我已经打听好了：傍黑的时候，戏班子就真的要来了。

三月十九，全家人都起得早，洒扫了院子，洗了碗，择了菜，其他工作由父母主办。我就可以去野了。老奶庙，会场，戏台，这是三个主战场。一天当中要跑好几个来回。

戏是上午就开演的，而会的真正高潮是在午饭前后。

街道本来就不够宽，两边又摆上各种货摊，逛会的人只能在中间挤来挤去。还有许多停止在货摊前买东西的人。还有许多停止在路中间打招呼寒暄的人。天气很热，可以穿单衣了。在会场上挤来挤去的，汗都冒出来了。我也会遇到许多相熟的人。太小的时候，不会打招呼，抿嘴一笑，低头就过去了。长大了，勉强学会打招呼了，还是觉得抿嘴一笑一低头擦身而过简洁舒服得多。

所谓的会，就是集市。一年一度的集市。会上各种货物齐全。夏天的单衣，凉鞋，冰糕，耗子药，菜籽，各种农具……卖耗子药的口若悬河，顺口溜一套一套的，是会上的一大特色。会场的最西头还有个牲口市，几头驴，几头牛。它们被隔离在喧嚣的外围，寂寞地互相哼哈唱和，比一比谁拉的粪便多。

两点多钟的时候，下午的戏开场了。锵锵锵锵锵……

戏台和会场是只隔了一道大队部的院墙的。说院墙也不是院墙。大队部临大街正中间有一个大走廊，走廊东边有一间房，做代销点的；走廊西边有两间房，是磨坊。代销点和磨坊的外边都是通往大队部院子的路。大队部的东向和北向都有通往外面的路，可以说是四通八达。

紧凑的锣鼓声，喧闹的市声，相互纠缠缭绕。

酒足饭饱的亲戚们赶会的赶会，听戏的听戏。收拾完残局的母亲取下围裙，说去会上转转。我也厮跟着去了。母亲说要给我买双新凉鞋，或者还能给我买支五分钱的冰棍吃吃。新凉鞋我是喜欢的。冰棍我也是喜欢的。我更喜欢每年的三月会上，母亲调制的一样凉菜：绿豆芽、菠菜、粉条，焯熟了，放上蒜苗、醋、盐、香油，拌上一大盆。豆芽是母亲提前生好的，粉条是自家种的红薯加工的，醋也是母亲自酿的。这样的凉菜配着又香又软的油条吃，我能吃好多，吃得小肚子鼓鼓的。

四

关于王村的老会，犹记得两个片段。

第一次扎了耳孔，戴上两挂银色的长耳坠，走在三月的轻风里去找堂妹。风把耳坠吹起来，窸窸窣窣地轻响。

结婚后第一次回去赶会。春来得早，槐花开得极盛。两个人骑着自行车，从小店到王村，三十里地。走走停停，嬉笑打闹，半晌午才到。一进村子，槐香扑鼻，村子里槐树多，路旁屋下，一片连绵的白，繁华得很。

人生最美好的是青春和爱情，可是它们一旦走远，就再也不回来了。就像我儿时的那片连绵起伏的沙岗，被岁月之手偷盗得所剩无几了。以前三月十九日王村老会的时候，沙岗上的毛芽已经长出了甜丝丝的毛芯，能揉搓揉搓塞到嘴里吃了。油菜花开得灿烂辉煌，上面趴满了黑黑圆圆的斑蝥，得小心着捉它，不然它一展小翅膀，就飞走了。

/ 纳凉

天下大一统，古今同此热。虽然现代人拥有了名为"空调"的降温良品，但是此物你又不能出门携带，况且吹空调时间太久容易生出"空调病"来，还不如热点好。

古代虽然科技不发达，但是多少也有一些可以抵御炎热的"法宝"——最常见的：竹夫人，扇子，冰块。冰块属于高级避暑设备，非寻常人家所能享受的。即使如李太白秦少游之文人雅士有所权位者流也未必能够或者时常享用。

秦少游写过一首自然主义派的《纳凉》诗：携扙来追柳外凉，画桥南畔倚胡床。月明船笛参差起，风定池莲自在香。秦少游是江南人，江南多水。夜幕降临，凉风乍起，水畔柳下自然是纳凉避暑的好去处。

相对于秦少游的婉约式纳凉法，李太白则是颇具魏晋风度的豪放款了：懒摇白羽扇，裸体青林中。脱巾挂石壁，露顶洒松风。

——洒脱不羁如王村人。

我出生的王村，属于豫北大平原地带，无水，亦无山。只有连绵起伏的大沙岗。古人言：靠什么吃什么。王村人深以为然。从前，在我小的时候，大沙岗是王村人民夏夜纳凉避暑的"乐土"；后来，我长大了，王村人民又把大沙岗一卡一卡车地变卖了。

大沙岗现在是我记忆中的乐土。

无数个月明星稀、热火缭乱的夏夜，王村人民在自家院子里吃过了晚饭，丢下饭碗，甩一把汗水，抱着凉席枕头床单，扶老携幼，呼朋引伴，浩浩荡荡向村东的大沙岗进发。

大沙岗上的沙是质地细腻的黄沙，里面含着一些矿物质。白天的太阳光照耀下，还会金光闪闪。我曾经拿着吸铁石去里面找过金子，想发点意外之财，结果只吸上来一层细碎的铁屑。

夜晚的月光下，沙岗并不会银光闪闪，而是像水波一样宁静。白昼的余温消逝之后，人躺在沙土上就仿佛卧于清凉的水波之上。不远处是飒飒生风的大杨树，身边的母亲正和相好的妇人窃窃话着家常，远处的父亲正和他的死党们边吸烟边"喷儿"着乡村版聊斋。头顶上皓月当空。不知不觉间，你就会沉入黑而甜的梦乡。

小时候经常在沙岗上过夜，早上被露水惊醒，一睁眼，大人们早就下地干活去了，只剩下几个睡懒觉的小孩子。睡眼惺忪地爬起来，抱着睡具踉踉跄跄地回家去。

闹过一个笑话。有一次睡到半夜，尿急，起来小解，然后摸到凉席倒头便睡。早上被大娘喊醒，发现自己竟然睡在三堂哥的凉席上。"睡错床"这件事后来被大娘他们当作典故取笑了好久。

我小时候患有"寻找恐惧症"，尤其是害怕在黑暗里人多的场合去寻找某个位置。每次去看露天电影中途出去小解回来时看着黑压压的人头都心怀恐惧。长大以后虽然有所缓解，但是那种潜意识中的恐惧感依然存在。大约它会相伴我终生了。

夏日炎炎，夜间屋子里待不住，除了刮风下雨的天气，整个夏天的夜晚，我们几乎都要在室外度过。大多数时候会去大沙岗上纳凉，不去大沙岗的时候，就在院子里铺上凉席，一个挨一个地睡觉。有时候也会爬上厨房的平房顶上，铺上凉席，一个挨一个地睡觉。没风的时候，母亲就在旁边为我们扇扇子。

有一年夏天带小哈回王村，夜里热，于是一大家人全都爬上房顶凉快。一字排开，躺了七八十来口人。夜空晴明，繁星密布，一条银河横穿其中，看得见北斗星和牵牛织女星。这样的情景也是许多年不曾有了。

　　那天晚上后半夜突然起了大风，呼里哗啦的，一家人全被惊醒逃窜回屋里了。小哈耐不住热，哭喊着非要再回房顶上睡，于是只好抱了厚厚的被子再次爬上房顶，在狂风呼啸里过了惊心动魄的一夜。

　　想起杜子美的那句诗来："八月秋高风怒号，卷我屋上三重茅。"虽然不合时宜，气势却是相当的。如果那夜的风再大上一二级，说不定我们也会如那屋顶上的茅草被卷上天去了。纳个凉也得具有不怕牺牲的大无畏精神。

　　如今王村已经没有平房。三兄弟一字排开相继盖起了二层新式洋楼，俨然一座座乡村别墅似的。可是夏天依旧炎热，乡下人过日子"抠索"，也不舍得装空调——即使装，也不可能每个房间都有。

　　小弟一个夏天都睡在新房的二楼露台上，扯个蚊帐钻进去，一边温习小时候的评书，一边仰望着新时代天上的星斗。

　　这是另一个版本的纳凉记。

/ 冬日杂忆

冬　藏

乡下人喜欢冬藏，王村也不例外。

初冬时节，家里要挖各式地窖。红薯窖要挖得大而深邃，像旱井。底部要挖两个侧洞，来贮藏红薯。挖红薯窖的时候，像电影《地道战》里的场景，一人在下面挖土，头上包上毛巾，装满一笸筐，喊一声："好啦！"上面的人就用绳子吊上去。

小孩子最喜欢下到红薯窖里去。被大人用绳子拴了，放到窖底，然后拾些红薯上来，煮粥吃。我喜欢被绳子吊着逐渐下沉的感觉，仿佛下面是无底的深渊，永远到不了头，心里是惊险和刺激。绳子拴在穿了厚厚棉服的小腰上，在下坠的过程中有时候还会打转转。冬天的红薯窖里是温暖的，刚挖好的新窑，土是新鲜的湿土，小小的身体钻进侧洞里，像进入了另外一个奇异的空间。

萝卜窑要浅很多，地下几尺许的大坑，白萝卜红萝卜一股脑码放在一起，上面盖上黄土，再插上一根高粱秆做透气的通道，远看上去像一座或扁或圆的坟冢。萝卜都躲在厚实的泥土里，浑身冒着湿气，水分充足。要吃萝卜了，就从土堆里刨出几根来，它们的身体上已经长出细微的白绒毛。

萝卜们如果能吃到春暖，地温升高，埋在土里就会受不了。挖出它们来，往往已经孕育出鲜嫩的绿芽来。水灵灵得可爱，切下一段来，养在水里，颇为一观。天气再热，土里的水汽已经被吸干，萝卜们就开始腐烂，或者缩水干枯，就不能再吃了。窑藏菜蔬也需要一定的技术，有些人家每年都会有大量的烂红薯烂萝卜产生，有些人家即使吃到最后也能吃到保鲜极好的萝卜。可见做个自给自足的乡村人也是不易的。

某些会生活的人家，在红薯窑和萝卜窑之外，还会挖一种地窑，专门用来种蒜黄。挖一个深坑，上面盖上一层塑料布，再铺上厚厚的玉米秆，就是一个严实温暖的小地棚了。这种地窑是不能见天日的，否则长出来的蒜苗会变绿，就不能称其为蒜黄了。如果种的时间恰恰好，到过年的时候，就可以吃上新鲜的蒜黄。拌饺子馅，调凉菜，炒热菜，炒鸡蛋，都可以用上。在那个鲜菜奇缺的时令，这自家种的鲜嫩的蒜黄，很能派上大用场。

雪

雪是乡村冬日惯常见到的现象。鹅毛般的大雪，漫漫地下个两三天，是不稀奇的。

有一年的大年初二，父亲推开门来，发现半腿高的雪墙堵在门前。所谓"大雪封门"，在我小时候的王村是曾经存在过的。

因为下雪是常景，扫雪便也成了冬日里必做的功课。每次雪毕，父亲便率领着一家大小，进行积雪的清除工作。房子是瓦房，不必管，当太阳出来，积雪融化，房顶上的雪自然会消逝。它们会化成雪水，沿着瓦楞倾泻下来。冬日阳光下，到处是滴滴答答的水声。白天流不完的水声，到了夜里也会流一阵子，大约会截止到前半夜，后半夜以后，温度下降，它们就流不动了。明天早起，它们会变成一根根长短粗细不一的冰凌，我们叫它"琉璃硌棒儿"。太阳光照着它们，色彩斑斓。我和我的兄弟们常常会敲一截下来，装模作样当冰棒吃。吃到嘴里虽然只是冰凉，心情却很快乐。

院子里的积雪太深厚了，往往要清理一天甚至两三天。堆成小山样的，白的雪混着深褐色的土。我们要把这些雪山转移到麦地里去，一平车一平车来来回回往地里拉，这是每个多雪的冬天必做的功课。深厚的雪把冬麦苗覆盖起来，使它们在这超厚的被子里做长久的春梦。

田野的雪是洁净的，白茫茫一片，晃人的眼睛。我喜欢在这样的雪地里撒欢，有一次撒欢的时候竟然发现了一只野兔，在雪地里蹦跳。我和我的兄弟们围追堵截了好半天，仍是让它逃脱了。

冬 夜

在电灯没出现之前，乡下点的都是煤油灯。煤油灯的光昏黄，摇曳，意境落寞而深远。

王村的冬夜，娱乐是没有的，扑克牌和麻将的风行是在多年之后，随了电灯和电视的出现而出现的。在煤油灯的时代，王村人唯一的娱乐就是聚在一起夜话。女人们纳着鞋底说些家长里短，男人们吸着旱烟说些家国天下、鬼怪聊斋，范围要宽泛得多。

在我家，通常的景象是，母亲在吱吱呀呀地纺线，父亲若不外出，就会和我们兄妹几个围坐一圈，咯咯卟卟地剥花生。

夜色昏暗，气氛显得有些沉闷了，我们就说："爸，讲个故事吧。"

父亲想了一想，就开讲了。说古时候有人夜里去住店，睡的是通铺，几十个人躺一排。这人进去，勉强挤到炕上去了。可是空间太窄小，不舒服，于是就动员大家给他让一让，要讲故事给众人听。于是众人腾了地方给他。他舒服地躺了下去，讲起来。说到两军打仗，哒哒哒一匹马跑过来……众人问：然后呢？他又讲：哒哒哒一匹马跑过来……

我们催着父亲："然后呢？"

父亲讲："哒哒哒一匹马跑过来……"

才知道上了当。父亲嘿嘿地笑。这是我记忆里父亲少见的幽默。

窗外夜色沉静。天上正下着雪，树枝上已经积了厚厚的一层，不堪重负的树枝突然一个趔趄，有雪花扑扑地跌落在地面上。

煤油灯的光，摇曳着，投射到对面的土墙上。硕大的昏黄光晕里，有我们被夸大了的模糊身影。

那是寥远岁月里一小截温暖记忆的剪影。

/ 村妖列传

一头猪成了精

房后山爷家养着一头猪。那头猪是母的，身躯高大，生了很多窝小猪娃。它肚子下面的两排奶子都快垂到地面上去了。

在山爷还活着的那个时代，王村几乎家家养猪。一头猪，两头猪，三头猪，虽然数量不等，最多没超过四头的。都是养着自己过年杀了吃肉，他们都是古朴的小农意识，从来没有想做养猪专业户的财富计划。当然，我哥除外。这是后话。那时候他还没长大到千方百计要发家致富的年龄。

养猪的人家都很仁义，费心费力用积攒或捡拾的各式砖头垒起来大小不等的猪圈，有卧室，也有饭厅，宽绰的人家还给猪留一块洗澡打泥儿的活动中心。他们都希望自家的猪能幸福安宁地住在自己的窝里，吃了睡，睡了吃，到了年底长成一头肥美健壮的大猪，一家人就可以过个好年了。

可是猪们少有知足常乐的。它们每天吃饱了饭睡饱了觉洗了澡打了泥儿之后就觉得无所事事，想出去逛逛，串串门，找别的猪聊一聊活到年底除了被吃还有没有别的猪生出路啥的。每家的猪圈垒得都不是很高，也没有主人家的房子结实，猪们吃饱了睡饱了之后就可以两只前脚趴在圈墙上，用它那长长的猪嘴拱，拱来拱去的，墙就塌了个窟窿。

于是，满大街都是四处溜达闲逛的家猪。等你下晌从地里回来，走着走着，就会突然发现自己家的那头小肥猪正在路边和别家的猪哼哼叽叽地闲聊。所以，那时候每天干完活回家，还要加班去撵猪回圈，几乎天天如此。而且，猪们经过无数次的实战经验，学会了各种反围剿战术，能和你迂回一两个小时才结束战斗，活活把人累疯。

垒猪圈的工作是父亲负责，所以每次猪越圈成功，他都会失职一次。每失职一次，都会遭到母亲的责骂。家里几乎天天都在上演猪跑人跳的家庭喜剧。

我们家的猪擅长越圈，跑出去玩耍，也只是有些小聪明，不算成精。而且它每次都要被围追堵截，自我感觉也很累，远不如山爷家的那头母猪幸福安宁。

山爷家也有猪圈，就在院墙外靠近路边。他家的母猪从来不越圈，就在那一小片肮脏泥泞的天地里打转转。生猪娃的时候就躺在地上喂奶吃，没猪娃可生的时候就空垂着两挂松垮的乳房闲庭信步，观赏一下有限的街景和行人。像我家的猪天天玩越圈这种生瓜行为，它早已经不动心思了。

可是有一天，它也越圈了。

年年的麦收季节都是我家最繁忙痛苦的时候——当然，痛苦是特指我自己的感受。割麦，拉麦，拾麦，打麦，拉麦糠，一系列的动作都要在短短的一周内完成，连小孩子也受不了啊。我最受不了的是拉麦糠，搞得浑身上下都是痒扎扎的。受不了也得拉，一个人一辆平板车，前后放上挡，套上自己，重车快走，空车飞奔，从场里到家里，一天要光着脚丫跑几十趟。光着脚丫不是因为穷得没鞋子穿，而是穿上鞋子容易进麦糠，扎脚。

那天我拉着满车的麦糠正行进在我家房后山爷家房前的那条路上（这是我们每天劳动出行的必经之路），突然那头一直宅在窝里的老母猪冲出来，拦住了我的去路。

它昂起头，怒目圆睁，龇牙咧嘴，嗷嗷叫着，扑过来就要咬我。周围一个人也没有。我家没人，山爷家没人，隔壁锁爷家也没人。我被逼上了绝路。我一边哇哇哭，一边和这头突然发疯的老母猪打堵截与反堵截战役。后来我终于脱身回到家里，刚刚穿上的一双鞋子也掉了一只，再也不敢回去取。

我向后续回到家的兄弟们哭诉我的遭遇，可是他们说回来时在山爷家并没有遇到那头精神失常的母猪，平安无事的路面上只有我的一只孤零零的布鞋子，他们顺手给我带了回来。难道它只瞄准了我发起攻击？

老人讲，畜生成了精才敢咬人。或许那头老母猪真成了精也说不准，反正自此以后那头母猪性情大变，异常凶悍，连山爷家的人也不放在眼里。

我每次从那头母猪的宝地路过，都离得远远的，紧靠我家房子的后墙根悄悄溜过去。有时候不小心抬头瞄一眼，就看见那头母猪英姿飒爽地站在圈里，小小的猪眼里威光四射。

老生家的大公鸡

王村小学在王村的西南角，从我家走过去也就十几分钟的路程。可是突然之间，这条路充满了凶险。

因为每天去上学都要路过老生家。

老生是背地里的叫法，当面不能这样叫，得叫"生爷"。在我小的时候，生爷的年纪大约在三十岁左右，或者更大一些，高大英俊，留着八字胡，肚子里有一些学问，是王村为数不多上过高中的。他家里据说有一些非常好看的书和杂志，常常会拿一些给邻居老兵家的小女儿看。小女儿长着一双善解人意的大眼睛，却并不喜欢看书。我喜欢看书，但他不给我。

老生长得帅，又有文化，可是他在生活中并不使人尊重。并不使人尊重的主要原因就是他懒惰，游手好闲，还嗜好打老婆。他不干农活，每日里扛着一支猎枪满地里去打兔子。那时候田野里还有兔子，而且数量多到足以吸引三里五村的闲汉们像不眠的游魂一样日夜游荡在野地里。

老生枪法大约极好，几乎日日都可以扛着一两只死兔子回家。回到家后就开始烧水，剥皮，炖肉，喝酒。做这些事的时候他是不懒惰的。况且，懒惰的话他就得饿着，他的老婆是不给炖兔子肉的。

他家院子里有一处高高的土台，是他向世人展示他幸福生活的看台。每逢他从地里回来有所猎获，都要坐在这里，吃着兔肉，喝着小酒。有时候一个人，有时候几个人。无论是一个人，还是几个人，他都会喝醉。喝醉之后的娱乐活动就是打老婆。有人在，会劝架，打得轻些。没人在，就打得狠点。儿女也有，身边几乎不留，都被送到姥姥家去了。家里太穷，养不起。只有一个后来变成痴呆的老娘矢志不渝地跟着他过。她有三个儿子，老生家是最穷的，或者也最惹她心疼，她要每日里看顾着他才放心。

老生的老婆好。昨天被打得鼻青脸肿，今天早起照旧爬起来去地里干活。她干活是往死里干的，一个人割麦，一晌一亩地，只弯一次腰，直起来时麦子已经割完了。有时候打得太狠了，就回娘家。老回娘家也麻烦，早晚还得回来，所以后来就算了，爱怎样怎样。他打，她骂。他打多久，她骂多久。

所以，老生的家里每天都在上演闹剧。我家和他家隔一条路，耳朵听得见，眼睛看得见。有时候实在看不下去了，母亲也会过去劝一劝，拉一拉，以尽人道。

我后来也想，是不是家庭环境的太过恶劣，才导致了老生家那只大公鸡的性情变异。自打某一天我从他家门口路过，被那只疯狂的大公鸡乱扑乱叼之后，我心里就有了阴影。

老生家有很多只鸡，公鸡，母鸡。王村家家户户都养着几只鸡，供养一家人吃蛋、吃肉、喝鸡汤。当然，也只是偶尔。大多数人家是舍不得吃的，鸡生了蛋，一只一只收起来，积攒着。去集市上换钱买盐，去看一看生孩子的亲戚，一只鸡辛苦几个月的成果一下子就没了。鸡肉也只是平时想一想，想到逢年过节的时候家里人都高兴，一狠心就从院子里逮一只杀了吃。被吃的永远是不下蛋的老母鸡。正在下蛋的万万不能杀，公鸡也是舍不得杀的。因为公鸡要打鸣值更，还肩负着把单纯的鸡蛋变成能孵化小鸡的受精卵的繁殖重任。

鸡叨人的事也时有发生，不过常常是孵了一窝小鸡娃的老母鸡出于保护子女的本能。老生家那只大公鸡是出于什么动机呢？我百思不得其解。

是因为它自觉自己长得特别漂亮吗？它的确是漂亮的。高高大大的身躯，长长壮壮的两只鸡腿，头上的鸡冠又大又厚，流畅的波浪状。浑身上下的羽毛亮闪闪的，前半身是乌黑色，后半身是彩色，扑棱一下子就五彩缤纷、耀人眼目。特别是它的喙，又尖又硬，难道它突然发现自己的长嘴非常适合用来叨人，尤其是像我这样的手无缚鸡之力的小孩子？

有一次我手持一根长树枝和那只大公鸡对峙的时候，突然想明白了：它有可能是一只斗鸡的后裔，隐藏的基因在某一天早起例行的打鸣中被唤醒了。

自从老生家的那只公鸡突然变成斗鸡之后，每次我去上学都如临大敌，需要随身携带武器以自卫。当然，最好是先侦察清楚，如果他家门口寂静无物，我就可以悄悄地以百米冲刺的速度飞越火线。这样的运气偶有发生，在多数时间我都要经历一场突围战役才能到达学校。

令我气愤的是，在我和大公鸡斗智斗勇的时候，老生家里的人从来不出来化解这场战事。每逢此刻，我就会恨恨地诅咒老生再也打不到兔子回来。他打不到兔子，吃不到肉，时间久了，就会嘴馋，嘴馋得急了，说不定就会一下子把那只大公鸡给杀吃了。

那样，我就解放了。

大白鹅与河南坠子

在我家房后，紧挨着山爷家的东邻，就是锁爷家。山爷和锁爷是亲兄弟，后来他们各自繁衍子孙，家族日益庞大，枝节蔓延，都让人忘了他们俩曾是一奶同胞的亲兄弟了。

而我是早就知道这件事的。仅仅凭了一个证据：山爷家有一头成精的母猪，锁爷家有一只成精的大白鹅。不是亲兄弟怎么会这样般配？

我觉得锁爷家那只大白鹅是和我有仇的，要不然为什么好几个孩子一起，它却偏偏要飞奔过来"luān"（方言，即咬）我一个呢？

虽然我每次都要为自己的安危深深地担忧，却又不得不每次都要把自己置于这种凶险之境。因为从锁爷家堂屋西山墙的那道小栅栏门穿过去，是唯一的一条通向队部院子的捷径。要不然我得沿着锁爷家门口一直往西，走过山爷家，走过三老奶家，然后右转，走过兵叔家，穿过那条又窄又长的胡同，再右转，走过小磨坊，才能到达目的地——实在是太远了。

四大队的队部是我的乐园。那是一个空阔而简陋的院子，那里面除了十几间仓房外，还有几大垛草料垛，是队里那些驴马骡牛们的饲料。除此之外，还有几棵杨槐树。

在一棵弯脖子的老槐树下，经常拴着一头老牛。

我常常站在老牛面前，看它怎样蠕动着厚而大的嘴巴，寂寞地反刍。看着绿的汁液和着唾液从老牛的嘴角静静地流下。

牛虻来了，它便用它肮脏的脱了毛的尾巴扫几下。

很无聊，也很有趣味。

就像我的童年。

我也常常在白天钻到牲口屋里去，看那些个骡马吃草料，窸窸窣窣地咀嚼，咕咕咚咚地喝水。也很有趣味。

牲口屋里白天很昏暗，我常常从一排槽转到另一排槽，像一个巡视部队的将军。只是个子略嫌矮小，也不够威严。有一些牲口会出于礼貌，在吃草料的间隙抬起头来向我行一下注目礼。有的则只顾埋头苦吃，无视我的存在。

牲口屋的味道大多数情况下比较难闻。有干草料的尘土味，有牲口拉的粪味，相互混杂着，待得久了，让人有些眩晕。青草茂盛的时节，我喜欢待在牲口屋里，看那些牲口大口大口咀嚼肥美的青草，一个个显得人生无限圆满的样子。

满屋子新鲜的草香。

拴在牲口屋里的骡马大约有七八头之多，个个膘肥体壮。骑在上面肯定是既威风又舒服，这常常令我产生无限遐想和向往。

有一次终于得偿所愿，饲养员锁爷准许我骑一骑那匹枣红马。据说它曾经在战场上服过役，依稀可见当年风采。锁爷把我抱上马背，没有马鞍，也够不到缰绳，屁股下硌硌的，不太舒服，完全不像想象中那样。

锁爷那时候是队里的饲养员。除了锁爷，我的父亲也常去牲口屋里转转，我就是跟着他才偶然发现这里的"别有洞天"。他那时候不知道是做着会计还是队长的职务。父亲和锁爷有时候会聊几句天，有时候会一起吸一袋子旱烟。然后就各自忙去。

父亲去队部院子，也是从锁爷家走捷径，有时候碰上了我会跟着他，这样安全系数会高许多。那只白鹅精不敢欺负大人，即使欺负，也会被父亲一大脚掌踢出去。但是更多的时候还是需要我亲自面对。

锁爷家的那只大白鹅，和那只上学路上的公鸡精一样，难以对付。我真是搞不明白，为什么锁爷家那么多只大白鹅，偏偏就它成了精呢？或者它的前世是个鹅仙？也说不准。

一旦被白鹅那只钢铁般的长嘴"luān"住，我无论如何也挣不脱的，只能恐慌地大喊大叫向锁奶求救。锁奶挪着她的小脚从堂屋的深处慢慢地踱出来解救我，并不忘责怪我们不该老把她家的院子当马路走。所以我一直怀疑那只白鹅精是受了锁奶唆使。

我知道，她一向不欢迎我们从她家院子里跑来跑去。有时候甚至是厌恶的，她会带着满脸这样的表情说：

"这群疯孩子。"

疯孩子不好吗？我不明白。

所以，相较于白天，我更喜欢晚上。晚上锁爷家的大白鹅都睡着了，我可以悄悄从它们身边走过去而不再担惊受怕。而且，晚上的队部院子里可以听坠子戏。

农闲的时候，常常会有一些走江湖卖艺的专门唱坠子的，他们白天住在队部院子的仓房里，晚上坐在队部院子里的那棵大槐树下，给乡亲们唱坠子听。

我虽然每天晚上都随了母亲去坐在那些大人们中间，可是我却听不懂那些人唱的什么。我的记忆是黑白纷乱的一片模糊，一阵阵清脆的打板声，从那模糊里穿透而出，还有那或男声或女声或嘶哑或清亮的唱腔。拉弦声，敲棒子声，拉二胡声……错乱嘈杂之声，这些声音扶摇直上，投射于夜晚高挂在大树杈上的马灯的灯光里。

灯光摇曳，也不知道它听懂了没有。

母子牛

有一年秋里，母亲从大姨家牵回来两头牛。一头大牛，一头小牛，是母子俩。大姨说，两头牛一共三百块钱，啥时候有钱啥时候给。我们都知道，这是大姨可怜我们家太穷，连个拉犁耕地的牲口都没有。

母亲说，大姨家原本也是穷的，在我出生之前和出生之后的那几年，大姨常常带着星表哥到我们家小住。她家两个孩子的所有衣服，都是我母亲给做的。我刚生出来的那一个月里，害了夜哭病，每天晚上哭号不止，害得大家都睡不好觉，都恨不得想掐死我（我猜测）。这是我长大后大姨说的。

大姨要嫁给姨父的时候，姥姥是不同意的，嫌郭庄离夹堤太遥远（约三十里地），嫌姨父是老大，家里又穷。经了母亲力劝才勉强答应。后来姨父努力奋斗做了包工头，大姨家才逐渐殷实起来。

话说大姨家两头牛刚到我家的时候，还算是膘肥体壮的，母亲的毛和儿子的毛都是油光水滑，很是漂亮，一看就是从富裕家庭里出来的。一年后，在我们的辛勤喂养下，母子俩形容枯槁，毛色暗淡无光，浑身上下脏兮兮的，一副难民的仪表。大姨每次来我家串亲戚，都会忍不住奚落母亲："你们是怎么喂的？把牛都养得会飞了。"

母亲自己也觉得理亏，不好意思。她虽然身为姐姐，也无法张口和大姨辩驳。我们小孩子则在旁边听得嘎嘎笑。

我们家会飞的可不只大姨家的这两头母子牛。用母亲的话说，我们家是不发牲畜的，养什么飞什么。比如羊圈里的那几只白山羊，越养越瘦，养着养着就飞起来了。比如我们家猪圈里的几茬猪，个个都会扒墙打洞，精瘦干练得很。甚至父亲费尽心力养的那一地棚土鳖，原本是打算挣药材钱的，还勒令我们每天放学后都去摘椿树叶子给它们吃，还要拎着个空罐头瓶翻山越岭去寻找"生源"。结果这棚土鳖都生了翅膀，变种成"老飞儿"飞走了。我哥养的"澳大利亚"牌的白兔子倒是一个个肥嘟嘟的，肉质鲜美，可是后来除了被我们吃掉的几只，其余的都打地洞逃逸了。

牛妈妈虽然越来越瘦，但干起活儿来却是不惜力的，牛宝宝年龄还小，还没到上套的时候。牛拉车速度太慢，我们家主要用它来耕地。耕地包括两个项目：犁地和耙地。先把死板的土地犁开了，再用大钉耙抚平，然后才能修垄播种。

有一天，在铁路南的地里，犁完了地，要开耙，因为耙重量不够，每次耙地的时候都需要有人站在上面增加重力，这样田地会耙得更平坦规整。这次父亲让我站上去，他在前面牵引。大约是因为我的体重比较轻，牲口的负重会小一些。我第一次做这么重要而且具有挑战性的工作，很是胆战心惊，生怕自己不小心掉下来，那可就惨了。

所谓怕什么来什么，这句话真是个颠扑不破的真理。那头母牛拉着耙走了还不到半小时，突然就莫名其妙地受了惊。它发了疯似的在地里横冲直撞，后来就冲出田地，跑到了大路上。受了惊的母牛连父亲也约束不了它，后来又围上来好几个人才算把它降服了。我呢？我本来高高在上威风凛凛貌似一个将军，现在却掉入耙下，被活活拖行了十几米远，鞋子也丢了，灰头土脸，哭得稀里哗啦。

父亲用皮鞭狠狠地教育了母牛一顿，可是也不敢再让它上套了，只好借了别人家的牲口勉强完成了耙地工作。

自打那次牛妈妈发了一次疯，干活时就不怎么敢用它了。但是一些农活必须要用到牲口才能干，于是父亲试图让差不多"成人"的牛宝宝顶替他母亲的角色。"试图"了好几次，都没能成功。上了套的牛宝宝又是踢腿又是甩脑袋，根本就不听使唤。

一个疯，一个野，两头牛养在家里，眼睁睁看着用不上，这是非常让人恼火的事。后来父亲一生气，找来个牲口贩子，把母子俩都卖了。瘦骨嶙峋的母子俩一共卖了一百五十块"大洋"，比它们刚来我家时的价格整整缩水了一半。

我不是很担心母亲怎么去和大姨交代，只是为这两头牛的前途命运担忧：一个疯，一个野，都不能干活，牛贩子会把它们卖到哪里去呢？

/ 王村词典

有时候，它们仅仅属于一个村庄。一个村庄的语言体系，一个村庄的民生百相。

——题记

折（shé）跌

在我的人生经验中，最早接触到的具有典型地方特色的词语就是"折（shé）跌"。

我小的时候做事情"冒失而又莽撞"，常常会被母亲骂。她骂我的时候惯常用的就是这一个词。现在还能回想起来她咬着白玉牙满脸不耐烦的叱责："你咋这么折（shé）跌！"

母亲当时的口语里，"这么"不叫"这么"，叫"镇"。

我经常做的错事，就是"失手"。洗碗的时候，会洗着洗着把某一只或几只碗给"洗"（打）碎了。端着一只红土烧制的琉璃瓦盆从堂屋出来，去猪圈里喂猪，也就四五米的样子，走到中途，"pia嚓"掉到地上碎了。只好又空着手回转，低着头接受母亲的责骂，同时还要被迫沐浴一阵短暂而急骤的"唾沫星子雨"。

从前的穷人家，必备的生活用具都是不会多余的，最节俭的几乎是一人一碗一筷。家里来客人，吃起饭来就比较窘迫，要到邻居家借碗来应急，如果恰巧邻居家也没多余的，只能轮流着来吃这顿饭了。好在我家里没出现过这种景象。只是筷子不够用的时候多，我们小孩子经常会去院子里某棵树上折个细脚伶仃的树枝来当临时替补，吃起饭来照样也是香的。

某一天，我和哥哥同时做了"折跌"事。他已经上了初中，爱臭美，常常拿母亲那只画了"红梅报喜"的拥有着"三十年"（母亲语）悠久历史的老式的小圆镜子照，结果不小心掉地上摔破了。而我是不小心把那只同样拥有着"三十年"悠久历史的陶瓷的老蒜臼掉地上摔碎了。母亲因此溜溜地骂了我们俩一天。骂得我们一整天心惊胆战，想尽一切办法让自己在母亲眼前"消失"。

长大后，做事情"成熟稳重"了许多，摔盆打碗的折跌事也只是"偶有发生"。母亲的态度也不似以前觉得罪不可恕。有一次一下子把十几个碗全掉地上摔碎了，稀里哗啦响声一片，像一场短暂而又华丽的交响乐。母亲那次没骂我，可能是因为家中刚刚发生的事故，没心情，或者也是因为那时候家里不是太穷了，摔碎几个碗用不着那么心疼得大动肝火了。

做过最折跌的一件事，至今还清晰如昨。

有一年夏天傍晚，从外面回家，母亲让我去地里薅草。地在王村的东北向，我们叫它东北地。地里种着花生，长满了高大的野草。我努力薅，一直到天黑才薅完。后来回去的路上碰上小弟，母亲让他去地里把我薅的草拉回来。我非常高兴地告诉他：全薅完啦。

小弟后来回家告诉母亲我薅草的地不是我们家的，而是另外一家的……我遭到母亲疯狂怒骂的时候，才想起来当时我在薅草的时候，不远处地里的一个人在很奇怪地看我。在那个旁观者的眼里，我是在做一件非常诡异的事。而我自己后来也这么认为。我无法解释自己的行为。

母亲那天晚上暴跳如雷，骂我的同时，连带着骂父亲。痛心疾首地质问我们为什么这样气她，非要往她的伤疤上使劲撒盐……

　　而我痛悔得以头撞墙。更痛恨母亲把我和父亲并列一起。那天晚上我没有吃饭，把自己关在屋子里痛哭流涕。等家人都睡了之后，我偷偷出去，往东北地走，想去弥补自己所犯下的过错。

　　那天晚上，我徘徊在夜色里很久很久。夜空的月亮很大很圆，明晃晃的，照得我的影子孤单又悲伤。前面不远处的铁轨上有不知谁在吹口哨，此起彼伏的。那口哨声使我害怕，不敢再往前走了。我站在那儿，不知道该怎么办。这时候有人从后面过来，他喊我一声。原来是哥哥。

　　我满面羞惭而又如释重负地跟着哥哥回家去。心里一直有个疑问：是不是母亲发现我半夜出去，特意让哥哥来找我？

　　可是我从来都没问过。

候（hóu）

　　在家种地的时候，有一年收秋，去遥远的西地刨花生。下晌回家，拉了一车花生，还拉了一个耙地的耙。

　　我和大弟坐在车上靠后的地方，哥哥坐在前面赶车。那时候好像套的是驴车。我们刚坐下屁股来，哥哥便大叫起来："候嘞！候嘞——！"叫声有点诡谲，使得我们俩很是莫名其妙。可是他不停地叫"候嘞候嘞",不知道他要干什么。后来他的眼泪都快要下来了——我们屁股下面的耙齿正好压着了他的手。

哥哥横眉立目地怒斥我们,我们却十分委屈,怪他没说清楚。你一个劲儿地"候嘞候嘞",谁知道你要干什么。

"候"这个方言,还在延津县县志里专门立了条目。解释的意思是"等会儿"。据说某位外地人来到延津,听人们嘴里老是"候""候"的,给搞得云里雾里,不知道是哪种黑道行话。

我换算了一下,它在普通话里的读音应该近似于猴子的猴。其实,有许多河南方言在普通话里都找不到对等的词语替代。

在延津方言里,和"候"意思相近的还有一个,就是"白慌"。"白"就是"别"读转了音的。有时候,"候嘞"和"白慌嘞"表达的是同一个意思,就是别急,等会儿。

这两个词在人们的日常生活中是经常用到的,张嘴就来,方便实用。不过它们一般用在日常的平和状态中,比方说家里来了客人,要走时,你在后面喊他:"候嘞(白慌嘞),拿上这个再走!"不过在紧急状态中就不实用了,譬如说那次我哥的教训。如果他当时就说压着手了,也不至于他"候嘞候嘞"半天我们还丈二和尚摸不着头，使自己的手被耙齿压出了血痕，疼得龇牙咧嘴的。

这件事成为我们很长一段时间的笑料。

称呼的怪异性

母亲来济南小住。日日夜夜的，我便有很多机会来呼唤她。作为孩子，呼唤自己的母亲，那应该是自然而然的事情，可是这件事情在小哈哥那儿却不简单。我每次的呼唤都惹来他嘎嘎的大笑。

他表情困惑地问我：妈妈，为什么你喊姥姥"埋"呢？

我只能给他解释，为什么我要喊姥姥"埋"，而不是像他一样喊"妈妈"，那是因为我从小就是这样喊的。我身处的那个环境里，所有人都是这样喊自己的妈妈。我别无选择。

在包括王村在内的延津地域，人们说起话来，喜欢在许多词的后面加上努力上扬的后缀音。尤其是在对人的称呼上。譬如说，喊自己的妈妈，他们叫"妈哎（音埋）"；喊自己的爸爸，他们叫"爸哎（音拜）"；二叔，喊"二叔哎"；姐，喊"姐哎"……依此类推。这些称呼，他们只在直接呼唤对方的时候应用，在对别人的叙述中依然是标准称呼。而且，这些在外人听来颇觉怪异的称呼，在不同的语境中读音也有差别。如果是面对面的直接对话中，主语和后缀是连读的，语速快而紧密，干脆利落，它们从唤者的口中发出，会瞬间演变成另外一个新的词语，新的读音。就像我前面所写的"妈"和"爸"的变异一样，而且，它们有时候甚至是无法书写的。我想，这就是方言的魅力所在。

如果这种称呼应用在远距离的大声呼唤中，它们的发音又会发生变化。我们常常会在放学后回家找不到母亲的情况下，迅速跑到门前的高处朗声高呼："妈——哎——"音波会顺着高处往四下激荡开去，如果母亲走得不太远，只是去四邻家里闲谈或借物，总有一缕音波会传送进她的耳膜，牵着她回到我们身边。

当我稍微长大一些，有时候会自己琢磨这些称呼，发现这种称呼的拉长版竟然有一种自问自答式的滑稽感。

除了这种大一统的怪异称呼外，对父亲的称呼也别于常理。如果父辈是弟兄三人，那么三人的子女对父亲的称呼是不一样的。老大家的孩子喊父亲"大爷"，大爷这个称呼在当地等同于大伯。老二家的孩子喊父亲"爸"，这是接近于城市的高雅称呼，虽然被变异了，也让那些被赋予喊爸爸权力的孩子们因此而备感自豪。老三家的孩子只有一个选择，把自己的父亲喊"叔"。如果是弟兄两人，老大的孩子就喊父亲"大爷",老二的孩子就喊父亲"叔"。这仿佛是一种默认的约定俗成的规矩。当然,独子家庭和多子家庭的称呼变通的可能性更大一些,但肯定不是统而一之的称呼。

也有例外。邻居有一家的孩子既不喊父亲"大爷""爸",也不喊"叔",而是这三者之外的一种新奇称呼:be。这个字我是无法写出来的,而读音,也是韵母微微上扬的非正常发音。他们父亲的身份在当时的农村很值得炫耀:工人,他们的母亲是山东人,她和当地女人有两个地方不同,一是口音,一是吸烟。孩子们用这样一种怪异的称呼来喊自己的父亲,不知道跟母亲有没有关系。

还有一家也是特例。他们是这样喊自己父亲的:大。

他们的"大"身材敦实,肥脸大头,最有特色的是他的头,一年四季,都是光秃秃的。除此之外,他们一家也没什么特别之处,都是土生土长的本地人种。

丑的"妞",假的"妞"

起个丑名好养活。这是乡下人所信奉的。于是,千奇百怪的丑名字散布于乡间村舍。

比方说父亲的好朋友老马。他的小名叫马驹,他弟弟叫骡驹。如果再有个弟弟,该叫驴驹。

王村有个人叫粪兜。这是千真万确的。不知道有没有叫粪坑和粪叉的。正好一个粪系统组合。

在夹堤，我有两个远房老表哥，在我几岁的时候，他们俩都已经是几十岁娶了媳妇的人了。这两个老表哥，一个叫尿妞，一个叫沤妞。尿完了尿，可以沤成肥料，拉到地里去给庄稼施肥。一看儿子们的名字，就知道他们的父亲是一个种地的老把式。

王村有一个人叫狗妞。一个人叫丑妞。有三个人叫假妞。

地方风俗里，叫名字喜欢后面加一后缀"妞"，无论男女。一般作为昵称时，读音保持正常，而作为正式名字叫时，这个"妞"的读音要歪曲一下，从第一声突变到第四声去，成为人的小名里不可或缺的一个组成部分。

关于假妞，大约是这样解释的：假的妞。三个大男人，货真价实，而且长相粗黑，想小时候也不会让人产生性别上的错觉的。为什么要叫假妞，只有他父母知道了。

王村有一个男人，奇丑。因为他长着一张酷似猪的嘴，还长歪了。据说是小时候得过一种病。人们都叫他猪歪。小辈叫他猪歪叔、猪歪爷，很形象生动。他倒不恼，一直叫下来。

奇怪的是，猪歪的儿女们，一个比一个漂亮，眉清目秀，五官端正。

叫丑妞的是我家近邻，辈分长，我叫他丑爷。三个假妞中的一个，是前任村支书，很精明的一个人。我叫他假叔。还有一个和我家关系亲近，是我发小的父亲，辈分长，我叫他假爷。

丑爷和假爷。如果不深究，叫着叫着也就是寻常称谓吧。

滑（gǔ）

看到一些比较可笑的人或事，人们会说，这个人（或这件事）咋镇（这么）滑哩！更强烈的表达者，会说：哎呀，某某滑死啦！同时呈现出一种乐不可支的表情，来证明某某真的是非常非常的滑。

滑，就是通俗意义上的滑稽。把滑稽读成滑（gǔ）稽，据说是沿袭古代的读法，不过，也只是据说，我没有考证过。

滑还有更深一层的意思，人们在形容一个"活宝"级别的人时，通常也会用这个词。

这人很滑。人们会在背后指点评说，面带鄙夷和藐视。被贴上"滑"标签者，一般都是乡间的奇葩了。我虽然被视为格格不入的"异端"，但离"奇葩"还有点差距。

王村的奇葩人士也不少，大江算是其中之一。他家在我家房后隔了两条胡同，也算是近邻。他家住王村正街上，偏东。每次往大街上去，从小胡同穿过去，一抬头，就是大江的家。

从前的乡间，房子都是一层，顶多在房顶一侧起一间小阁楼。院墙自然也不高，土墙，砖墙，砖土混和墙，都是低矮的，遮掩不住人头。你从别人家门前过，不用踮脚尖，就能看见他家里的日常生活。

因为地理位置特殊，大江家的日常生活更是如此，日复一日地暴露在众目睽睽之下。

每天早饭后，我们离开家去地里干活，路经大江家门前，都会看到他年迈的父母在院子里忙来忙去，他的老父亲一遍一遍地大声叫喊睡着懒觉的大江快快起床。

大江有一个姐姐，大他好多岁，早早出嫁走了。我们也早早就知道大江的"异于常人"的身世——当然，他自己也早早就知道。后来他终于耐不住贫困的日子，想走个捷径试试。有一天他离开家出去寻找自己的亲生父母。两个月后又回来了。据说寻是寻到了，但是亲生父母那边大约也不能帮他扭转人生困境（否则当初也不会忍痛舍弃了他）。养父母虽然老朽且无能，但是视大江如掌中宝物，娇惯到他甚至可以肆无忌惮地打骂他们。

有一年，王村的几个年轻光棍汉出去打工一个冬天，过年时每个人领回来一个驻马店籍的媳妇。大江的媳妇叫小叶，一个温柔到懦弱的驻马店女孩。别人领回来的媳妇都是疼爱有加，琴瑟和谐的，唯有大江似乎看不上这个不花钱得来的便宜媳妇，隔三岔五的，总要揍她一顿，似乎把对父母的怨气都转移到了这小媳妇身上。小叶长相柔弱，耐受力很强，每次挨揍也是哭哭了事，哭完之后照常烧火做饭，下地干活。大约也是真喜欢大江，才受得了他这般折辱吧。

大江不喜欢做农活。王村不喜欢做农活的也有几个。除了大江，还有老生、张生，也都是奇葩人士。王村人民简而化之，把他们统统归入"好吃懒做"之流。大江不但"好吃懒做"，还"投机倒把"。"投机倒把"是母亲的原话，大约是说他专干一些不那么正经的营生。

有那么几年，王村人民热衷于赌博，男女老少齐上阵，大赌小赌乐陶陶。乡里专门成立了抓赌小分队，安插眼线搞偷袭。有一次张生兄弟被抓，每人罚了五千块钱才放了出来。据说是被大江举报的。为什么单单抓张生兄弟俩，据说也是"挟私报复"。个中恩怨当事人也都心知肚明。

大江以前做事虽然也都为大家所不齿，小坑小骗的也不算什么大事情，张生兄弟事件后，舆论对大江又看低了一些，母亲甚至严令哥哥，不准再和大江有往来，也不准让他到家里来。

后来有一年我回王村，陪家人在院子里坐着，来了两三个人过来打招呼。其中就有大江。多年不见，他似乎没什么变化，相貌，腔调，还是老样子。

大江比我年长，可是我从来没有叫过他，以前曾听说他背后对我的不懂礼仪表达过不满。我倒是坦然，人生而为人，都有缺憾。有大缺憾有小缺憾，不知道大江哥可否明了。

/ 赶着驴车去流浪

我家养过一头驴子。我曾经和它感情深厚，就像画家黄胄对驴子的感情一样。

在无数个春日的下午，或细雨霏霏，或天空阴郁，四野静寂而苍茫，我和我的驴子一起沉默地目送着那些白色的柳絮在空中飞舞，跌落尘土，或者飘向更远处。

此身合是诗人未？细雨骑驴入剑门。陆放翁诗中的惆怅感伤甚合我心意。只是我不是骑在驴背上，而是斜坐在前辕上。我聊以慰藉的也不是诗人情怀，而是身后的一车粪肥。我们的目的地更不是剑门，而是田野耕地。

自打阮籍第一次骑驴之后，驴子这种低等生物便被赋予了形而上的文化身份，可是如今人心不古，它也落魄到在田间地头辛苦劳作的地步。

所谓同是天涯落魄者，我们彼此之间都互相体恤并保持着应有的默契。没有命令，没有暗示，更没有发泄情绪的鞭打。那条从村庄通往田地的土路我们都是多么熟悉，每一个车辙、沟坎、拐弯，路两旁的树木、杂草，隐藏在杂草丛里的瓦砾。这么多年了，它们还历历在目。

　　没事的时候，我喜欢凝视着驴子的眼睛发呆，它那双秀气的大眼睛充溢着无限的哀伤，只是我不知道，它内心深处是不是和我一样，自知无限的卑微，却又不甘于就此沉沦。不过，我们的命运毕竟不同，它的人生是已经被设置好了的，凭一己之力似乎很难更改。而我的人生……似乎也是这样。不同的看来只有类属。

　　十八九岁的年龄，是一个患着妄想症的病人。怀揣着所谓的理想，固执地认定条条道路就是可以通到罗马城。以为自己可以拯救一切，包括自己。后来终于发现所有的挣扎都是徒劳。

　　很多次我都会产生同样的幻象，以为那条土路是永无尽头的，天地间笼罩着浅薄的迷雾，我们就这样慢慢地走下去……

　　和一头驴地老天荒，虽然不是最美好的事，但也不算有失风雅吧。何况都是天涯落魄者。同样落魄失意的八大山人自称"个山驴"，而我想了又想，不知道该把自己叫什么驴。我之"驴"与朱耷之"驴"也不能同日而语。我只是一个人生经历无比单薄的失意小人儿，胸中也有块垒需要倾吐。少年人都是一腔热血，梦想着有朝一日打马扬鞭行走天下，如今却每日里郁郁寡欢，和一头同样郁郁寡欢的驴子相依相伴。有时候想，倒不如也学着我家邻居，那个叫J的瘦削男孩，于某个月黑风高的失眠夜悄然离开，没有人知道他去了哪里，没有人知道他还会不会回来，更没有人知道他为什么要离家出走。

我对J很是刮目相看。他是那种沉默到木讷的人，平时也没有相交的朋友，偶尔会和我说一些很古怪而深奥的话。有时候我能听懂，有时候不知其所云。他应该是有一些自己的思想的。虽然他把他的思想表达得很突兀且缺乏条理。不过我尊重所有有思想的人。

三个月，或者半年之后，他回来了。听别人转述过他的大致遭遇：形状凄惨，衣衫褴褛……像所有有过梦想并试图与现实抗争的人。

J现在已经是两个孩子的父亲了。回去，偶尔会碰见他。更加的黑瘦，一副老农民的标准相貌。有时候会打招呼，有时候就那么擦身而过，像那些只是面善的陌生乡亲。

他除了种地，还兼职做安装水箱的活计，听母亲说有生意人的小气和计较。有时候我很怀念当年的他。我怀念所有曾经还没有被尘世污染的人。

有时候想起年少的J，一个人沿着无限长的铁路线，前路茫茫，终究还是有些凄凉。想想有一头驴子陪着比较好，起码会让人感到人间还有一点点温情。

许多年前的某一个初夏傍晚，我和伙伴赶着驴车从三十里外回家。路是坎坷的土路，路两旁有树木参差，野生的花草摇曳生姿，有风吹动绿幽幽的庄稼，弥漫于隐约的天际。一棵古棠梨树静默地伫立路边，身上披挂着新新旧旧的红色布条。一种古朴的神秘气息。

彼时，清风徐来，夕阳西下。驴车晃晃悠悠的，两张青春洋溢的脸，笑语晏晏。这样的情景会让人产生一种就此浪迹天涯的冲动。也是一种罗曼蒂克的少年情怀罢了。

我家的那头驴子早已作古了。它在我家生活了大约十几年的光阴。初来时年轻气盛，不听话，脾气犟，常常挨我哥的打。看着让人心疼。我在家务农的那几年里，大部分时间是由我来照顾它，每天晚上去给它添草料，它会抬起头来看我，默默的，眼神忧郁。

后来家里有了拖拉机，驴子就退休了。闲养着。每日里吃草，拉屎，睡觉，踢腿，甩尾巴。无所事事。眼神忧郁。

有一年在外面漂泊，隔了好久才回家，看见一头小驴子在院子里活蹦乱跳，才知道是我家那头驴子生的。我都忘了它是一头母驴。可是我再也见不到它了，它在生小驴的时候难产死了。不知道失去母亲的小驴懂不懂得伤心，它抬头看我，眼神和它母亲一样忧伤而美丽。

想起一件往事，像一场旧梦，遥远而缥缈。有一次我和母亲赶着驴车去大姨家，中途遇上河堤决口，大约是从第五疃河堤开始，绵延十几里地，我们从大韩庄开始，就上了河堤，一路往西。河堤以北全部被淹没了，浊浪滔滔，自西向东，有一种铺天盖地想要吞没一切的气势。

天空阴郁低沉。地面上的绿色逐渐被流动的黄色吞蚀。我坐在驴车上，自河堤望下去，看到那滚滚而去的黄河水，辽阔而苍茫，有一只不知来路的西瓜，绿花的皮，在波浪里翻滚前行，时隐时现。

一种很奇特的感觉自内心深处弥漫上来，它苍凉，悲伤，又空旷辽远。后来我想，那大约就是我今生都无法实现的流浪之梦吧。

／回乡偶书

思念一旦落到实处，就会寂寥四起。

一

从北，或者从南，拐向王村的那条路，都是再熟悉不过了。原来它是一条黄土路，如今是水泥路。宽度依然是原来的宽度。路两旁是正在养花期的麦苗。到了秋天，会像风景幕布一样换成花生或者玉米。

从前的无数次，我从外面的世界回来，走上这条路，心都会激动得怦怦跳。看到村子里那些熟悉的面孔，也会觉得亲切万分，迫不及待地要和他们打招呼，虽然很多时候他们都不太记得我，就像现在有更多的人不记得我。

如今，我心情平静（抑或茫然？）地拐向通往王村的路，通往在无数个春暖花开的季节里我思念得落泪的这个叫作王村的地方。

时令已过，闻不到槐花香。村子口有固定日子的小市集。几个卖菜的，几个卖衣服杂货的。我扫了一眼，没发现有认识的人。经过王村西头，王村小学。路两旁有一伙一伙的人。他们有的抬眼看我，有的视若无睹。我不能确定自己认识这些人的全部或者部分。大约看到我的他们也不能确定。

我目不斜视地从他们身边驶过。我内心里其实害怕有人认出我来要和我打招呼。我从小就是个害怕和人打交道的人。见面寒暄问候于我是一道难题。如今近乡情怯，我宁肯像一只寂寞的鸵鸟走在人世间，一低头间与诸多相熟却不相知的人擦肩而过。或者，于他们来说，我更像一个陌路人。

二

我把车开进没有大门的大门。停在最西边的院子里。这是小峰的家。我连按喇叭，母亲和志阳才从中间的院子里过来。父亲也过来了。这是很意外的。后来他终于在饭桌上问起病人的情况，让我心里略略多了点温暖。可是母亲依然在我面前骂他，数落他的不是。骂他只管自己吃饱睡觉，什么事都不操心。这么多年过去了，生活只是在重复播放一张老掉牙的唱片，而我没有任何办法去进行改变。

我的兄弟们都不在家，还有他们各自的妻子。他们分布在河南省内外的几座城市，商丘，邯郸，平顶山，各自辛苦打拼地做着小生意。除非家里有事，一年之中难得回来几次。只有每年春节才是一家人大团圆的日子。往年都是母亲带着一大帮孩子在家里过活，今年刚结婚生子的志阳小夫妻留在家里种地。空寂的三座院子算是稍微丰实了些。

三

去年小才夫妻在家，在院子里种了许多青菜。今年又变成空地了。原来的菜园子也早拆掉了。那些花椒树也不知去向。陡然发现，院子里所有的枣树都不见了，取而代之的是满院子的其他果树：柿子树，梨树，桃树，杏树。都挂了果，累累的。摘了一颗青杏吃，不苦涩，只是酸。

母亲说："你要是再晚一个月回来，就能吃到杏了，咱家这棵杏树结的杏好吃，甜。麦芒杏。杏核不苦。"然后又指给我看另外一棵杏核苦的杏树。我有点心不在焉。

想起小店院子里的杏树。2006年春天带着一岁多的小哈回家小住。小店和王村来回跑。那时候公婆正做着去泰国给姐姐看孩子的准备，而院子里桃树和杏树都是硕果累累。尤其是那一树压弯了枝头的黄澄澄的杏子，看得人要流口水。

在这棵杏树下，小哈手执一根细棍子，穿着他叽嘎叽嘎叫的凉鞋，追赶着一只花蝴蝶。后来又跑到王村的大院子里对一只老母鸡穷追不舍，刚学会说话的嘴里一迭声地喊着："鸡鸡鸡鸡……"有人说岁月是一把杀猪刀，刀刀逼命。偶尔翻看相册，看当年公婆抱着小哈站在那棵杏树下笑得幸福圆满的样子，会有一阵的恍惚。

因为时间紧迫，且身心疲累，小店的院子不能去看。不知道现在它是怎样的一种萧索景象。院子里原有的桃树杏树都因为公公的丧事被伐掉了。剩下的柿子树每年的秋天也不知结果几何。这些果树也都是他在世时种下的。

四

晚上起了大风。窗户呼呼响了一夜。

父亲昨天嫁接好的桃树枝又断了。母亲埋怨他只绑了一头，没绑另一头。父亲不承认自己工作失误，闷声辩解道："是刮风了。"

上午十点多从家里出发到东地。这是每次回家的必修课程。从房后的那条路上走，一路经过龙叔家，曾经的锁爷家，权贵爷家。我用手机拍下了锁爷家破落的门楣和院子。多少年前这个院子里也生活过诸多鲜活的面孔，一派家和万事兴的样子，如今家长长逝，儿女们四散枝叶，各自又去上演一出出人类家族的兴衰史。想想人生事无非如此，循环往复，不知道什么时候是个穷尽。到小我处细思量却寡淡得很，又无可奈何。

每一次回到王村，都会觉得街景比上一次更加寥落。老人孩子居多。沉暮和懵懂，这就是一个村庄的精神状态，也是它让人沮丧的未来。刚刚从喧嚣热闹的城市氛围中出来，一下子又被这种巨大的空寂感包裹，有一种不适应和落寞。

母亲说，去年王村死了十二个老人。小星的老婆和小星离婚了，原因是嫌弃家里没钱。四个孩子都归小星抚养。法海有好多年不回来过年了，据说他在贵州又成了一个家，还生了孩子。王村那无人记载的村志上每年大约都是这样，越来越多的老人死去，越来越多的孩子出生。其间夹杂着旁枝末节的悲欢离合。有人结婚生子，有人离婚私奔，有人盖了新房买了新车，有人破产穷困潦倒。似乎比我小时候热闹了许多。可是我依然觉得现在的王村是一个缺乏生气和活力的村庄。前几年回来小住，一个初中同学来看望，说，十年前我来和十年后我来，王村怎么一点都没变？破旧的房子，破旧的道路。其实近几年王村新房子增添了不少，有钱人也增添了不少。可是我仍觉得它寥落。小时候的王村不是这样子的。那时候它尚年轻，村子里那么多年轻昂扬的生命在活动，在四处流窜呼喝。而现在，王村的那些年轻的子女们，他们都来不及长大就迫不及待地奔往渴慕的城市去了。

五

村东头的奶奶庙不知道什么时候整修了，原来低矮的土庙宇换成了半四合院形式的瓦房结构。但是看上去不再像庙宇，倒像是工厂的仓库。

我们在看庙的时候，父亲正好从地里回来路过。他是去清除麦地里的杂草。此时已经是上午十点半左右了。通往东地的沙土路上的细沙是很干净的，脱了鞋在上面走，微微有点发烫。想起小时候光着脚丫子在沙岗上玩。夏天从瓜地往家里走，沿着那条蜿蜒起伏的沙土路，中午的沙子烫人，赤脚走在上面，要一跳一跳的。

年年过来看沙岗，沙岗的面积年年减小。已经不能称为沙岗了。我们到达东地的时候，有几辆推土机在作业。据说是政府出资要帮农民推平了来种地，还要打井，修路。菜地旁边那座存在了几十年的老窑还存在着，顶着满头的杂草。

它在我小的时候曾经是那些大人们茶余饭后说鬼怪故事的常用背景。菜地里的菜稀疏散布，蒜苗居多。正是抽蒜薹的季节，因为缺水长势不是很好。我们偷偷拔了一些。现在不是露天菜播种的季节。我家的菜地父亲刚刚种下去茄子辣椒籽。不知道种没种豆角。前年夏天母亲在菜地种了春花生，我回家，跟着母亲来菜地刨花生。菜地里有一些熟识的人和我打招呼。他们说我变化好大，跟以前在家时不一样了。有什么不一样啊，我竟然不自知。

这次回来我不愿意和任何人说话。刚刚看到丁旺婶站在麦子地边，背对着我和旁边的一个年轻男人说话。大约是他儿子，或者孙子。还有之前看到邻居启民在新建的房子上砌砖，胡子拉碴，又黑又瘦。我年少时曾把他当作邻家哥哥，如今回去很少见到他，偶尔在公众场合看到也装作没看到，别一别头就过去了。往事如云烟散尽，彼此的人生境遇又大不同，实在是不知道如果真的两眼相对要找些什么话题来讲。旁边做助手的想来是他小儿子，也是黑瘦的样子。他们都在闷头干活，正好我可以避免尴尬的碰面。

最近几年王村的人事变迁太多，越来越多的陌生面孔成为村庄的主角。而这些，我都一一忽略过去。有时候我希望整个村庄都是静阒无人的，我可以心无旁骛地去温故。一条老街巷，一处旧房子，一个拐角，一方天空，一棵年久被遗忘的老槐树，都会引发无数的陈年旧情景。

几个孩子在仅存的沙坡断崖上玩耍、跳跃、挖坑，兴致勃勃。我小时候在更高大的沙岗上玩过类似的游戏。这片沙地还没有休整，现在搁荒着，上面稀稀拉拉长出猪毛菜，因缺乏水分而呈现暗绿色，我想薅一些回去让母亲做凉拌菜，却发现叶子上长满了微小的蚜蚛。

不远处的铁轨上有货车来来往往。鸣笛欢叫，轰轰隆隆，一霎时就过去了。我想走过去爬上铁轨，就像年少时那样在枕木上走走。那时候还有两个亲密的伙伴，如今只剩下我一个人零零丁丁。当我正准备往铁轨的方向走时，才发现它已经被绿色的铁丝网包围了。

野地里风大，吹得头发四处飞扬，像要挣脱了头皮而去。有沙子往脸上和眼睛里扑。想起小时候一到了春天，出门在路上走，总要吃满嘴满嘴的沙子，咯吱咯吱响。所以常常在风沙大的天气里走在外面，我们都自觉地紧闭嘴巴不说话。父亲又骑着电动三轮车回到地里来，忙了一会儿，高声喊我们回去吃饭。见我们不应声，就自己开车跑了。

回去的时候是沿着菜地那条路，往年夏天时各式菜蔬长势喜人，旁边的花生地绿油油的，开始开黄色的小花，高拔的芝麻开淡紫色的小花，一节一节长出绿色的梭子。如今是墨绿色挂满乳白色细碎花蕊的麦子。晚回来几日或者就可以烧着吃了。走到房后胡同里，权贵爷在他家大门口捡柴火，弯着腰进去了，没抬头。我吁了一口气走过去。听说他得了重病。

<h2 style="text-align:center">六</h2>

家里的人像散兵游勇，平时散落各处，吃饭时也是络绎而至，然后又四散开来。撒欢的撒欢，玩网游的玩网游，读"穿越"的读"穿越"，抱孩子的抱孩子。父亲饭后就悄无声息地走了，就连母亲也不知去向。

我和小哈出门去散步。刚走到大门口，抬头便看到了一弯新月，正挂在西邻家的房顶。然后又看到了久违的星星，注目良久。想起以前酷热的夏夜，一家人躺在房顶上纳凉，夜空里繁星点点，能看到银河和牵牛织女星。有多久没躺在房顶上数星星了？繁星满天的景象终将慢慢退化成回忆。而回忆也终将被丢失。

王村的夜里没有路灯，黑夜是真正的黑夜，需要灯光来照明。小时候在这样的夜里捉过迷藏，玩过三国战，"机器灵，砍菜刀"。少年时做过这夜里的游魂，穿过一条一条的村路，对人生的前景充满了惶惑，不清楚自己要到哪里去。后来又常在这夜色里陪着伙伴去幽会情人，在北风呼啸的寒冷冬夜，也在五月麦苗走向成熟的暖夜。伊人的情人踏着青麦而至，白色的衬衫在黑夜的反衬下异常扎眼。我看着他们双双消失在暗色麦浪的边际，空气里流淌着我尚不能明了的神秘气息。

年少时迷恋夜晚。白天是不自由的，唯有夜晚，自己才能属于自己。王村的夜大多数时候都是静寂的，让人耳鸣般的那种静寂。有时候也会有风吹树叶的哗哗声，有雨打在树上房顶上窗棂上土地上的声音，有窗根下蛐蛐清幽的叫声，有雪落下来的噗噗声，有谁从房后走过踏在雪地上的咯吱声。所以常常处于半失眠状态，也常常被心疼电费的母亲走过来叱骂。

七

哥打电话来说："你把妈接走住一段时间吧，让她歇一歇。"我说，可以吗？和母亲说。答案当然是否定的。她说："我走不开。家里一堆孩子，你爸又不管用。还有十几亩地，志阳两口子又不懂农活。"我不能说什么。有时候觉得，如果把做母亲也当作一种职业，那么它必是这世界上最辛苦最漫长的职业。没有节假日，没有退休制。一辈子必须像一只不停旋转的陀螺，或者像上紧了发条的老式钟表。而我的母亲，她更像一只任劳任怨的老母鸡，一双温暖的翅膀下，护佑着一代又一代的生命渐次长大。她自己，却在岁月的碾压下日渐衰老。

临走的时候，母亲开始忙活。她说，再带点花生吧。我说不要，上次带的还有好多呢。她说，带一桶花生油吧，自己家里榨的。我说不要，家里还有好几桶呢。可是她依然提了一桶二十斤的油装到后备箱里。另外，还带了两小袋面粉，在王村的磨坊里磨的。一罐瓜豆。然后她回过头来瞅了瞅旁边的杏树和桃树，用惋惜的口气说："今年的杏和桃你又吃不上了。"

我上车，发动。等待道别的时刻。像每一次的离开和道别，都装作稀松平常，好像只是住在几十里外的地方，不几天就可以又回来了。然后看了一眼车窗外的母亲，驱车离开。

／跋：梦里不知身是客

　　有一次做梦，和母亲、哥哥在菜地挑水。一挑两桶水，怎么也挑不起来，眼看着母亲渐渐走远，哥哥又不管我，一着急，哇哇地大哭起来。

　　如今我大约再也挑不动一挑水来。不止如此，小时候在乡村生活中练就的其他本领，如割麦，打场，播种，犁地，锄草，等等，都遗忘殆尽，我不能确信是否还重拾得起——家里已经不再种地，温故的机会也没有了。

　　我家是一个大家庭。经过了几十年的繁衍生息，从原来的六口之家，已然变成了二十几口的庞大家族。我想，以后还会更加庞大，枝繁叶茂。只是这个大家族不再依赖土地谋生。每逢假期，孩子们离开饭桌，不是被大人驱逐到地里去进行力所能及的田间劳动，而是一个个打开电脑或手机进入他们熟悉已久的网络世界。而他们的父母，或者打开临街的商铺，或者打开仓库的大门，或者打开电脑上的淘宝商铺——他们已经从农民的身份蜕变成这个时代不同形式的生意人了。

所以地处偏僻的王村到目前为止依然保持着自然村落的原貌。只是人烟日渐稀少，像所有的现代乡村格局一样，留守的大多是老弱病残，青壮年远走他乡奔波生计。

每次回去，不可遏止的陌生感都会从心底涌起。那些年老者一个个渐次从村庄里消失，新生的人群他们又是不一样的世界。

我想象不出，多年之后的王村会是怎样的。是被一个崭新的新型乡村所替代，还是在日渐凋散之后最终被变成城市人的村人遗弃。

归去来兮，田园将芜胡不归？一千多年前的五柳先生厌倦了官宦生活尚可有归身之处，他的田园虽然荒芜了却仍健在。如今的我们到最后恐怕只能纸上还乡了。所谓"故乡"也只是一场似是而非的梦境。

你在梦境里大哭，你在梦境里大笑，你在梦境里悲欣交集。

梦里不知身是客，直把他乡作故乡。